रस्किन बॉन्ड

1934 में कसौली, हिमाचल प्रदेश में जन्मे रस्किन बॉन्ड भारत के प्रसिद्ध लेखक हैं। उनका बचपन जामनगर, देहरादून और शिमला में बीता। बचपन से ही उन्हें पुस्तकों से बहुत लगाव था। अब तक उन्होंने सौ से अधिक कहानियां, निबंध, उपन्यास और तीस से अधिक पुस्तकें बच्चों के लिए लिखी हैं। उनकी पुस्तकों में जहां एक ओर बचपन का अल्हड़पन, शरारत और मासूमियत झलकती है वहीं दूसरी ओर हिमालय के प्राकृतिक सौंदर्य से परिपूर्ण वादियों की तस्वीर देखने को मिलती है। रस्किन बॉन्ड मसूरी में रहते हैं और अपना समय लिखने-पढ़ने में व्यतीत करते हैं।

वे आवारा दिन

(बैस्टसैलर Vagrants in the Valley का अनुवाद)

रस्किन बॉन्ड

राजपाल

अनुवाद

ऋषि माथुर

ISBN : 978-93-5064-160-6

प्रथम संस्करण : 2014 © रस्किन बॉन्ड

© हिन्दी अनुवाद : राजपाल एण्ड सन्ज़
VE AAWARA DIN (Novel) by Ruskin Bond
(Hindi edition of *Vagrants in the Valley*
published in English by Penguin Books India)

राजपाल एण्ड सन्ज़

1590, मदरसा रोड, कश्मीरी गेट-दिल्ली-110006
फोनः 011-23869812, 23865483, फैक्सः 011-23867791
website : www.rajpalpublishing.com
e-mail : sales@rajpalpublishing.com

क्रम

बेघर

देहरा देहरादून की तरफ जाने वाली सड़क पर एक लड़का बांसुरी बजाते हुए अपनी भेड़ों की रेवड़ को हांकता चला जा रहा था—पुराने कपड़े पहने, नंगे पैर। उसके कंधों पर एक लाल शॉल पड़ी थी जिसका रंग उतर रहा था। दिसंबर का महीना था और चढ़ते सूरज की किरणें सड़क के किनारे खड़े बरगद के पेड़ के बीच से छन-छन कर आ रही थीं, जहां पेड़ की ज़मीन से बाहर निकली ऐंठी हुई जड़ों पर दो लड़के बैठे थे।

बांसुरी बजाते लड़के ने उन दोनों लड़कों को एक नज़र देखा, और अपनी धुन में मस्त आगे बढ़ता गया। कुछ देर में वह धूल भरी सड़क पर दूर एक छोटे से बिंदु जैसा दिखाई दे रहा था और दूर से आती बांसुरी की मंदी सी धुन भेड़ों की घंटियों की आवाज़ में और दबी जा रही थी।

लड़कों ने बरगद के पेड़ की छाया से निकल दूर दिखाई दे रही पहाड़ियों की तरफ़ चलना शुरू किया।

शिवालिक की निचली पहाड़ियों की ओर चली जा रही सड़क आगे वीरान पड़ी थी और उसका कोई ओर-छोर नज़र नहीं आ रहा था। उनके कपड़ों, उनकी आंखों और उनके मुंह में धूल ही धूल भर गयी थी। सूरज आसमान में और ऊपर चढ़ता जा रहा था, और उनकी बगलों से बहते पसीने की धार उनके पैरों तक पहुंच रही थी।

बड़ा लड़का, रस्टी, सत्रह का था। वह अपनी पतली सूती पतलून की जेबों में हाथ डाले ज़मीन पर नज़रें गड़ाए चल रहा था। उसके हल्के भूरे बाल धूल और पसीने से चीमड़ हो गये थे, और तेज़ धूप से झुलसकर उसके गाल और हाथ लाल हो गये थे। उसकी नीली आंखें ख़यालों में डूबी-डूबी लगती थीं।

'जल्दी ही हम राईवाला पहुंच जाएंगे,' वह बोला, 'क्या तुम कुछ देर सुस्ताना चाहोगे, भैया?'

किशन ने अपने दुबले-पतले कंधे उचकाए। 'हम राईवाला पहुंच जाएं, फिर आराम करेंगे। अगर मैं अभी बैठ गया तो फिर मैं उठ नहीं पाऊंगा। लगता है हम आज सुबह से करीब दस मील चल चुके हैं। वह दुबला-सा लड़का था, तक़रीबन रस्टी जितना लंबा, लेकिन उससे दो साल छोटा। उसकी काली आंखों में बग़ावत की झलक थी और उनके ऊपर थीं काली घनी भौंहें और काले घने बाल। उसने धूल में सने अपने सफ़ेद पायजामे के पांयचे टखनों तक मोड़ रखे थे, और ढीली-ढाली पेशावरी चप्पलें पहन रखी थीं। उसने ख़ाकी कमीज़ पहन रखी थी, जिसके बटन खुले थे।

रस्टी की तरह वह भी बेघर था। रस्टी जिस दूर के रिश्तेदार के साथ रहता था, वहां अपनेपन की कमी के चलते, उसे घर से भागे साल से ऊपर हो रहा था। किशन अपने पियक्कड़ बाप से बचने के लिए भागा था। उसके दूर के रिश्तेदार थे, लेकिन जिन्हें वह ठीक से जानता भी नहीं उनके साथ चैन की ज़िंदगी बिताने के बजाय उसने आवारापन के ख़तरों और सुखों को चुनना बेहतर समझा। वह रस्टी के साथ पिछले एक साल से था और इस दोस्त का साथ उसके लिए घर के सुख से कम नहीं था। वह पंजाबी था, और रस्टी ऐंग्लो-इंडियन।

'राईवाला से हम ट्रेन पकड़ लेंगे,' रस्टी बोला। 'उसमें हमारे करीब पांच रुपये ख़र्च होंगे।'

'इतना मत सोचो,' किशन बोला, 'हम काफ़ी चल चुके हैं, और अभी हमारे पास बारह रुपये हैं। देहरा में हमारे पुराने कमरे में कोई ऐसी चीज़ है जिसे बेचा जा सकता हो?'

'देखते हैं... मेज़, पलंग और कुर्सी तो मेरे हैं नहीं। एक पुरानी बाघ की खाल है, जिसे थोड़ा-सा चूहों ने कुतर दिया है, उसे कोई ख़रीदेगा नहीं। एक-दो कमीज़ और पतलून है।'

'उनकी तो हमें ज़रूरत पड़ेगी। लेकिन वह सब फटे हैं।'

'और मेरी कुछ किताबें हैं...'

'...जिन्हें कोई ख़रीदेगा नहीं।'

'मैं उन्हें बेचूंगा भी नहीं। भई, सिर्फ़ इन्हीं को तो मैं उस घर से लेकर भागा था।'

'सोमी!' रस्टी के आगे कुछ बोलने से पहले ही किशन बोल पड़ा। 'सोमी भी तो देहरा में होगा- वह हमारी मदद करेगा। उसने तुम्हें पहले भी नौकरी दिलवायी थी, वह फिर से दिलवा सकता है।'

रस्टी चुपचाप अपने दोस्त सोमी को याद करने लगा, जिसने एक मुस्कान से उसका दिल जीत लिया था, और उसकी ज़िंदग़ी की राह बदल दी थी। सोमी, जिसके सिर पर रहती थी, तिरछी-सी पगड़ी, और होंठों पर गीत...

किशन अचानक ही देहरा से चला गया था। उसे उसकी मौसी के पास गंगा के किनारे हरिद्वार ले जाया गया था और रस्टी उसकी मौसी के पते के सहारे उसकी तलाश में पीछे-पीछे वहां आ पहुंचा था। हरिद्वार में सिर्फ़ पंडे, भिखारी और दुकानदारों का ही गुज़ारा हो सकता है, इसलिए लड़कों को जल्द ही देहरा की राह पकड़नी पड़ी।

पहाड़ों की तरफ़ से आती ठंडी हवा चौसर खेतों में हलचल पैदा करती चली आ रही थी, जिससे गेहूं की बालें झूम उठती थीं। फिर हवा सड़क पर आयी और सड़क किनारे की कच्ची जगह से मिट्टी समेटती भंवर की तरह गोल-गोल चक्कर खाती अंधड़ की शक्ल लेने लगी। किनारे चल रहे लड़के बीच सड़क पर आ गये और हाथों से आंखों को ढक कर किसी तरह डगमगाते आगे चलते रहे। अपने पीछे उठ रहे धूल के गुबार में से उन्हें बैलगाड़ी के पहियों की आवाज़ सुनाई दी।

'ओए, हटके रास्ते से... बचके!' बैलगाड़ी वाला चिल्ला रहा था। गुबार में से घुरघुराते हुए लंबे-लंबे डग भरते बैल निकलते देख लड़के सड़क के एक तरफ़ हो गये।

'राईवाला की तरफ़ जा रहे हो?' रस्टी ने गाड़ीवाले से पूछा- 'हमें अपने साथ ले चलोगे?'

'चढ़ जाओ!' उसका कहना था कि लड़के लपक कर चलती हुई बैलगाड़ी पर पीछे की तरफ़ से चढ़ गये।

चांय-चूं, खरड़-खरड़ करती बैलगाड़ी हिचकोले खाती, गड्ढ़ों में उतरती-उछलती ऐसे चल रही थी कि लड़कों को गिरने से बचने के लिए उसके किनारे पकड़ने पड़े। बैलगाड़ी में से भूसे और गोबर के उपलों की गंध आ रही थी। गाड़ीवाले ने सिर पर लाल कपड़ा बांध रखा था, चुस्त बंडी पहन रखी थी, और कमर पर कसी थी धोती। उसकी खुली टांगें धूप से झुलसकर काली हो गयी थीं

और पांव में जूता-चप्पल नहीं था। वह बीड़ी पीते-पीते बैलों को हांक रहा था। हांकते हुए कभी उन्हें कोसने लगता तो कभी उन्हें प्यार से पुचकारता मानो वह गाड़ी में पीछे बैठे लड़कों को भूल ही गया था, उनके चढ़ने के साथ ही उन्हें अपने दिमाग से निकाल चुका था। रस्टी और किशन भी गाड़ीवाले से बतियाने की क्या सोचते, उनका सारा ध्यान तो झटकों और हिचकोलों से बचकर गाड़ी में बने रहने की कोशिश में लगा था।

'इससे अच्छा तो पैदल चलते।' किशन बड़बड़ाया, 'रस्टी, किसने कहा था इस खचड़े छकड़े पर चढ़ने के लिए? मेरे तो अभी से कई जगह गूमड़े और खरोंच पड़ गये हैं।'

'जिसकी गरज होती है उसे ही बरदाश्त करना पड़ता है।' रस्टी ने समझाया।

'मेहरबानी करके ये मत कहो, ...जो भी हो, हम इतने गये-बीते भी नहीं हैं... मेरा भरोसा करो, बहुत जल्दी हमारी पैसे की कमी दूर हो जाएगी! दुनिया कहने को जो कहे, तुम अब भी अंग्रेज़ साहब के बेटे हो, और मैं अब भी दूरदराज़ के महाराजा का दूरदराज़ का रिश्तेदार।'

'छकड़े पर होकर सवार...' रस्टी ने चिढ़ाते हुए कहा-'...चले हैं राजकुमार!'

'ठीक है, हरेक राजकुमार भी बैलगाड़ी की सवारी का दावा नहीं कर सकता।'

कुछ देर बाद बैलगाड़ी ने नहर पार की और छोटे से कस्बे राईवाला की भीड़भाड़ में अटक गयी। लड़के बैलगाड़ी से उतर गये और उसके साथ-साथ चलने लगे।

'हमें इसको कुछ देना चाहिए न?' रस्टी ने पूछा। 'कुछ पैसे इसे देने के लिए... कम से कम पूछना तो चाहिए।'

'हम कैसे दे सकते हैं?' किशन बोला, 'तुमने यह बात इसपर चढ़ने से पहले क्यों नहीं सोची थी?'

'ठीक है, हम धन्यवाद तो दे सकते हैं... धन्यवाद भाईजी!' रस्टी ने पुकार कर कहा। किशन भी चिल्लाया- 'धन्यवाद, भाईजी!' और बैलगाड़ी आगे बढ़ गयी।

लेकिन या तो गाड़ीवाले ने उनकी आवाज़ नहीं सुनी और या फिर उसने उनकी बात पर ध्यान नहीं दिया क्योंकि उसने पीछे मुड़कर भी नहीं देखा। वह अपनी बीड़ी पीता रहा और बैलों को हांकता रहा। लगता तो ऐसा था कि उसे

लड़कों के बैलगाड़ी से उतरने का पता भी नहीं चला। वह अपनी गाड़ी हांकता आगे बढ़ता चला गया, और, रस्टी और किशन वहीं सड़क पर खड़े रह गये।

'मुझे तो भूख लग रही है,' किशन बोला। 'हमने बीती रात से कुछ नहीं खाया है।'

'तो फिर हमें कुछ खाना चाहिए,' रस्टी ने सुझाया, 'चलो भैया, हम कुछ खाते हैं।'

दोनों राईवाला के बाज़ार से गुज़रने वाली संकरी सड़क पर एक-एक चाय की गुमटी और मिठाई की दुकान देखते आगे बढ़ते रहे जब तक कि उनको ऐसी दुकान नहीं मिल गयी जो इतनी गंदी थी कि महंगी हो ही नहीं सकती थी। दुकान पर काम करने वाले लड़के ने उनके आगे दाल और चपाती परोसी। किशन ने छंटाक भर मक्खन मंगाया, जिसे पिघलाकर दाल के ऊपर डाल दिया गया। खाने पर उनका एक रुपया खर्च हो गया, और इसमें जितना चाहे खा सकते थे। मक्खन के पैसे अलग से देने पड़े- पूरे छह आने। अब उनके पास दस रुपये से कुछ ज़्यादा बचे थे।

जब वह खाना खाकर निकले तब तक सूरज नीचे को आ चुका था, और ठंडक बढ़ने लगी थी।

'हम आज रात को पैदल नहीं चल सकते,' रस्टी बोला, 'हमें स्टेशन पर सोना पड़ेगा। या हम चाहें तो बिना टिकट के ट्रेन में चढ़ सकते हैं।'

'और अगर हम पकड़े गये, तो हम एक महीना जेल में बिताएंगे। मुफ़्त का खाना, मुफ़्त का रहना!'

'और फिर समाजसेवी संस्था वाले हमें छुड़वाएंगे, या फिर हमें रिमांड होम भेजा जा सकता है जहां चटाई बुनना सिखाते हैं।'

'मुझे लगता है कि टिकट ख़रीद लेना ही ठीक रहेगा।' किशन बोला।

'मुझे मालूम है हम क्या करेंगे,' रस्टी बोला। 'हमें आधी रात से पहले ट्रेन तो मिलेगी नहीं, इसलिए अभी से टिकट खरीदने से क्या फायदा? सवेरे हम हर्रावाला चले जाएंगे। उसके बाद तो देहरा सड़क के रास्ते बस यही कोई आठ मील रह जाता है।'

किशन ने रस्टी की बात मान ली, और दोनों रेलवे स्टेशन पहुंचे, और सीधे फ़र्स्ट क्लास के वेटिंग रूम में जाकर आराम से बैठ गये।

'हमारे पास टिकट नहीं हैं।' किशन बोला।

'लेकिन हम फ़र्स्ट क्लास के हैं... नहीं हैं क्या?'

किशन एक आरामकुर्सी में धंस गया और उसने अपने चेहरे पर रूमाल डाल लिया। 'जब गाड़ी आ जाए तो मुझे जगा देना,' उसने ऊंघते हुए कहा।

रस्टी ग़ुसलखाने में चला गया। वहां उसने अपना सिर नल की धार के नीचे लगा दिया और पानी को गर्दन तक जाने दिया। फिर उसने मुंह को रगड़कर धोया और रुमाल से पोंछकर वेटिंग रूम में वापस आ गया।

एक और मुसाफ़िर वहां आया, और अपना सामान कमरे के बीच में पड़ी मेज़ पर लगाने लगा। वह गोरा था, लेकिन उसकी बेचैनी को देखते हुए कहीं से यूरोपियन नहीं लग रहा था। रस्टी के अंदाज़े से उसकी उम्र तीस-पैंतीस के करीब होगी। वैसे तो वह चुस्त-दुरुस्त था, लेकिन थका लग रहा था। दुबला-सा चेहरा, फीकी-सी रंगत और आंखों के नीचे का हिस्सा फूला-सा था। रस्टी आकर किशन वाली कुर्सी के हत्थे पर बैठ गया।

'दिल्ली जा रहे हो?' उसने रस्टी से अंग्रेज़ी में पूछा। उसके बोलने के ढंग से इतना तो साफ़ हो गया कि वह अमरीकन था।

'नहीं, हम दूसरी तरफ़ जा रहे हैं,' रस्टी ने भी बातचीत का सिलसिला अंग्रेज़ी में बढ़ाते हुए जवाब दिया, 'हम देहरा में रहते हैं।'

'मैं कई बार वहां गया हूं,' उसने बताया, 'मैं उत्तरी भारत में एक नये किस्म के लोहे के हल के इस्तेमाल को बढ़ावा देने की कोशिश कर रहा था, लेकिन कोई ख़ास कामयाबी नहीं मिली। क्या तुम पढ़ते हो?'

'अब नहीं पढ़ता। दो साल पहले मैंने स्कूल की पढ़ाई पूरी कर ली।'

'और तुम्हारा दोस्त?' अपने सिर से किशन की तरफ़ इशारा करते हुए उसने पूछा।

'वह मेरे साथ है,' रस्टी ने ज्यादा खुलासा करने से बचते हुए कहा-'हम साथ में सफ़र कर रहे हैं।'

'तो दोनों साथी हो?'

'हां।'

अमरीकन ने अपने बैग से एक फ्लास्क निकाला और रस्टी की तरफ़ सवालिया नज़रों से देखते हुए पूछा- 'मेरी ट्रेन आने में अभी तकरीबन एक घंटा बचा है। जब तक नहीं आती, तब तक... चलो थोड़ी-थोड़ी पीते हैं.... तुम साथ दोगे न?'

'लेकिन मैं पीता नहीं,' रस्टी ने कुछ झिझकते हुए कहा।

'थोड़ी-सी लेने से कुछ नहीं होता। मेरा साथ देने की ख़ातिर...'

उसने अपने बैग से दो गिलास निकाले, और उन्हें साफ़ सफ़ेद रुमाल से पोंछ कर मेज़ पर रखा। फिर उसने फ़्लास्क में से कुछ गहरा भूरा-सा उसमें उंड़ेला।

'ब्रांडी,' रस्टी ने दूर से ही सूंघ लिया।

'तो तुम पहचान गये! हां, ब्रांडी ही है।'

रस्टी ने मेज़ की तरफ़ हाथ बढ़ाकर एक गिलास उठा लिया।

'क्या किस्मत है!' अजनबी ने अपना गिलास उठाते हुए कहा।

'शुक्रिया,' रस्टी बोला, और गिलास में से खालिस ब्रांडी का एक पूरा घूंट भर लिया। घूंट गले से उतरा नहीं था कि रस्टी को इतनी ज़ोर की खांसी आई कि उसकी आंखों से आंसू निकल पड़े। उसने दोनों हाथों से अपना सिर पकड़ लिया। लेकिन कुछ ही देर में उसे ठीक लगने लगा।

'लगता है, तुम बड़ा लंबा सफ़र करके आ रहे हो...' अमरीकन ने रस्टी के कपड़ों पर नज़र डालते हुए कहा।

'वह भी पैदल,' रस्टी ने बताया, 'हरिद्वार से... सुबह चले थे।'

'हरिद्वार... पैदल के हिसाब से तो यह कुछ ज़्यादा ही हो गया! लेकिन तुमने ऐसा क्यों किया?'

रस्टी ने अपना गिलास खाली किया और मेज़ पर रख दिया। अजनबी ने दोस्ताना अंदाज़ में और ब्रांडी डाल दी। रस्टी सोच रहा था कि क्या अमरीका में लोग ऐसा ही करते हैं। किसी अजनबी से मिलते हैं तो साथ में पीते-पिलाते हैं। तब तो उसे एक दिन वहां ज़रूर जाना चाहिए।

'इतनी दूर पैदल चलने की ज़रूरत क्यों पड़ी?' अजनबी ने फिर पूछा।

'कल हम और चलेंगे,' रस्टी ने अपनी कही।

'लेकिन क्यों?'

'क्योंकि हमारे पास वक़्त है। हमारे पास वक़्त की कमी नहीं है।'

'ऐसा कैसे?'

'क्योंकि हमारे पास पैसे नहीं है। वक़्त और पैसा, दोनों एक साथ किसी के पास नहीं होते।'

'बिलकुल, मैं तुम्हारी बात मानता हूं। तुम तो बड़े फ़िलॉसफ़र किस्म के लगते हो। लेकिन कुल मिलाकर मामला क्या है?' फिर सोते हुए किशन की तरफ़ देखते हुए, पूछा- 'और यह लड़का तुम्हारा कौन है?'

टालने वाले जवाब देते हुए रस्टी बोला- 'यह मेरे साथ है।' अब रस्टी को नींद आने लगी थी, और उसे ऐसा लग रहा था जैसे वह अमरीकन पास बैठकर नहीं, कहीं बहुत दूर से बात कर रहा है, क्योंकि उसकी आवाज़ दूर से आती हुई लग रही थी।

'बताओ भई, कि आख़िर हुआ क्या था?' अमरीकन ने पूछा।

'बताता हूं।' रस्टी मेज़ पर टिक कर आगे को झुका ताकि उसे ठीक से देख सके, फिर धीरे-धीरे बोलना शुरू किया- 'मैं घर छोड़ कर भागा हूं। मैं करीब साल भर पहले घर से भागा। एक अंग्रेज़ थे मेरी देखरेख करने वाले। मेरे माता-पिता की बचपन में मौत हो गयी थी, और मैं उन्हीं के घर रहा, उन्हीं के लोगों के बीच रहा, और उस दुनिया के बाहर नहीं निकला। फिर एक दिन बारिश में मुझे सोमी मिला। मेरी उससे दोस्ती हो गयी और वह मुझे अपने घर ले गया, बाज़ार ले गया, और उसने मुझे दिखाया कि हिंदुस्तान कैसा है, दुनिया कैसी है और ज़िंदगी कैसी है। जब मैं बाज़ार से घर आया तो मुझे मार पड़ी, और जब मैं होली खेलकर लौटा तो फिर मुझे मार पड़ी, लेकिन इस बार मैंने भी हाथ उठा दिया, और घर छोड़ कर भाग निकला।'

एक सांस में इतना कहकर रस्टी ठहर गया, अपनी ब्रांडी ख़त्म करने के लिए और यह देखने के लिए कि सामने वाला उसकी बातों में दिलचस्पी ले भी रहा है या नहीं।

'फिर क्या हुआ?' ...अजनबी अमरीकन ने पूछा, तो रस्टी ने अपनी बात आगे बढ़ायी-

'सोमी मेरा अच्छा दोस्त बन गया, उसने मेरे लिए बहुत कुछ किया। उसने एक लड़का ढूंढा- किशन- यही लड़का- इसे अंग्रेजी पढ़नी थी, और इसके परिवार वाले मुझे पसंद करने लगे, और अपने घर में रहने की जगह दे दी। और इसकी मां—किशन की मां बड़ी अच्छी थी, मुझपर बड़ी मेहरबान... जब मौका मिलता, मेरे साथ वक़्त बिताती थी। उसकी खूबसूरती... उसकी जैसी खूबसूरत औरत...'

रस्टी बोलते-बोलते करीब एक मिनट के लिए चुप हो गया और गिलास को ऐसे ताकने लगा जैसे ब्रांडी की जगह उस गिलास में उसे किसी और चीज़ की तलाश हो। फिर बात आगे बढ़ायी- 'लेकिन फिर सब चले गये। सोमी चला गया। सब चले गये। मैं भी क्या करता, मैंने भी वह जगह छोड़ दी। जब किशन

की माँ दुनिया छोड़ कर चली गयी, तब मैं भी क्या करता वहां से चले जाने के सिवा? अगर ये किशन न होता तो मैं कभी वापस लौटकर नहीं आता। मैं आपको सच बता रहा हूं, सर– मैं कभी लौटकर नहीं आता। मैं इस वक़्त यहां, आपसे बात नहीं कर रहा होता, अगर किशन न होता।'

'मुझे तो यह भी नहीं पता था किशन भी अकेला है। वह भी घर से भाग गया था, अपने पिता की वजह से, जो कि इतना ज़्यादा पीते थे कि उन्हें किसी चीज़ का होश ही नहीं रहता था, और ये किशन कई हफ़्तों से सिर्फ़ अपनी सूझबूझ के सहारे जी रहा था। इसमें ये माहिर है। लेकिन जब यह मुझे मिल गया, तो मुझे वापस आना पड़ा, हम दोनों को वापस आना पड़ा। देखिए... हमारे पास एक–दूसरे के सिवा और क्या है!'

'मुझे तुम्हारी बातें कुछ–कुछ समझ में आ रही हैं,' अजनबी अमरीकन ने कहा, और फ़िर रस्टी के गिलास में और ब्रांडी डाल दी। 'वैसे तुम देहरा जाकर वहां करोगे क्या... तुम दोनों? तुम्हारे पास कोई नौकरी है वहां करने के लिए? मेरा अंदाज़ा है कि नहीं है... अगर तुम्हारा कभी दिल्ली आना हो, तो मुझसे ज़रूर मिलना। यह रहा मेरा कार्ड।'

तभी प्लेटफ़ॉर्म पर घंटी बजी, तो अजनबी ने अपनी घड़ी पर नज़र डाली और बताया कि उसकी ट्रेन के आने का समय हो गया है, बस आने ही वाली होगी। उसने अपने रूमाल से गिलास पोंछे और बैग में रख लिए, और फिर अपने सामान के साथ बाहर प्लेटफॉर्म पर खड़ा होकर दिल्ली जाने वाली ट्रेन के आने का इंतज़ार करने लगा।

रस्टी वेटिंग रूम के दरवाज़े के सहारे खड़ा होकर प्लेटफॉर्म और उसके पार, रेल की पटरियों के पार देखने लगा। पटरियों पर इंजन की हेडलाइट की रोशनी पड़ी तो वह चमकने लगीं और उसे आते हुए इंजन की सीटी सुनाई पड़ी। भाप छोड़ते इंजन के पीछे धीमी चाल से चलती ट्रेन ठहरी, तो बोगियों के दरवाज़े खुल गये और लोग उतरने लगे।

ट्रेन से उतरने और उसमें चढ़ने के लिए आदमी, औरतों और बच्चों की धक्का–मुक्की के चलते प्लेटफ़ॉर्म पर जाम सा लग गया, और कई मिनट तक तो किसी का भी उतरना या चढ़ना मुश्किल हो गया। अमरीकन अजनबी को भीड़ निगल गयी। उतरने–चढ़ने की अफ़रातफ़री में लोग एक–दूसरे की परवाह किये बिना अपना सामान खिड़कियों से अंदर–बाहर करते रहे। कई जवान लोग तो

खिड़कियों से ही गाड़ी के अंदर घुस गये; पहले सिर खिड़की से अंदर किया और पीछे से साथियों ने अंदर को ठेलकर चढ़ा दिया गाड़ी में। आम दिनों के मुकाबले कहीं ज़्यादा भीड़ देखकर रस्टी ने समझ लिया कि हरिद्वार में फिर कोई धार्मिक मेला है।

जब ट्रेन चली गयी, तो फिर प्लेटफ़ॉर्म पर शांति छा गयी। अब बस सुबह देहरा जाने वाली ट्रेन का इंतज़ार कर रहे कुछ लोग ही अपने सामान के पास सो रहे थे। सोडा वॉटर, लेमन, दही और चाय वालों का सोयी-सोयी आवाज़ों के साथ ठेलियां प्लेटफ़ॉर्म पर इधर-उधर घुमाते हुए अपना माल बेचना अब भी जारी था। एक गोदी का बच्चा रोने लगा तो उसकी मां ने उसे छाती से लगा लिया, लेकिन बच्चा चुप होने का नाम ही नहीं ले रहा था।

रस्टी वापस वेटिंग रूम के अंदर आ गया। किशन अब भी आरामकुर्सी में पड़ा गहरी नींद में सो रहा था।

रस्टी ने आगे बढ़कर स्विच से वेटिंग रूम की बत्ती बंद कर दी, लेकिन प्लेटफ़ॉर्म की रोशनी अब भी दरवाज़े की जाली से अंदर आ रही थी। उसने सोचा कि इतनी रात के बाद अब कौन वेटिंग रूम में आयेगा, और किशन के पास ही बैठ गया।

'किशन, किशन,' रस्टी ने धीरे से उसके कंधे छूकर कहा। किशन कुलबुलाया। 'क्या बात है?' वह नींद में बुदबुदाया, 'इतना अंधेरा क्यों है?'

'मैंने बत्ती बंद कर दी है,' रस्टी बोला, 'अब तुम आराम से सो सकते हो।'

'मैं सो ही तो रहा था,' किशन बोला, 'पर, तुमने अच्छा किया।'

जंगल वाला रास्ता

अगली सुबह, डोईवाला पर उन्हें ट्रेन से उतरना पड़ा। स्टेशन से पहले जंगल के पास ट्रेन रुकी और तभी टिकट चेक करने के लिए एक इंस्पेक्टर आ गया। रस्टी और किशन गाड़ी से उसी तरफ़ उतर गये जिधर जंगल था।

डोईवाला बिलकुल वहीं था जहां से शिवालिक की पहाड़ियां शुरू होती थीं। खेत ख़त्म होते थे और जंगल शुरू। वहां रेल की पटरी और जंगल के बीच मक्के का खेत था। जब तक ट्रेन चली नहीं गयी तब तक लड़के मक्के के खेत में छिपे रहे। इस बीच किशन ने तीन-चार भुट्टे तोड़ कर अपनी जेबों में ठूंस लिये।

'पता नहीं हमें कुछ और खाने को मिलेगा या नहीं,' वह बोला। 'रस्टी, तुम्हारे पास माचिस है जिससे कि हम आग जलाकर भुट्टे भून सकें?'

'माचिस स्टेशन पर मिल जाएगी।'

डोईवाला स्टेशन पर उन्होंने माचिस की डिब्बी ख़रीदी, लेकिन उन्होंने भुट्टे वहां नहीं भूने। सड़क पर दो मील चलने के बाद जब वह जंगल में पहुंच गये, तब भुट्टे भूने। किशन ने टहनियां बटोरीं, और फिर दोनों ने सड़क के किनारे बैठकर आग जलायी। किशन उन थोड़े से अंगारों पर भुट्टे भूनते हुए उन्हें बार-बार घुमाता रहा, जब तक कि दाने गहरे भूरे नहीं हो गये। कुछ दाने जलकर काले पड़ गये। फिर दोनों खाने के लिए टूट पड़े और भुट्टों का पूरा मज़ा लिया।

'काश, हमारे पास थोड़ा-सा नमक होता!' किशन बोला।

'लेकिन उससे तो हमें प्यास लगने लगती, और हमारे पास पानी तो है नहीं। काश, हमें जल्दी से कोई सोता मिल जाए!' रस्टी ने अपनी कही।

'अब देहरा कितनी दूर रह गया है?' किशन ने पूछा।

'करीब बारह मील। मेरे हिसाब से। ये अजीब बात नहीं है कि कुछ मील

ज़्यादा लंबी लगती हैं। मुझे लगता है कि आप क्या सोच रहे हैं उससे फ़र्क़ पड़ता है। तुम क्या सोच रहे हो, और मैं क्या सोच रहा हूं। अगर हम एक ही चीज़ के बारे में सोच रहे होते हैं, तो रास्ता अच्छा कटता है।'

'चलो ठीक है, बातें करना बंद करते हैं।'

दाने खा लेने के बाद उन्होंने भुट्टे के डंठल फेंक दिये और आगे चल पड़े। वह चुपचाप चलते रहे। बातें सिर्फ़ तब करते थे, जब आराम करने के लिए ठहरते।

रस्टी सोच रहा था- मुझे नहीं मालूम कि ये कैसे होगा, लेकिन देहरा पहुंचने के बाद मुझे दोनों के लिए कमाना पड़ेगा। किशन अभी इतना बड़ा नहीं हुआ है कि अपनी देखभाल खुद कर सके। थोड़ी-सी देर के लिए भी मैं इसे अकेला नहीं छोड़ना चाहूंगा। शायद मुझे अंग्रेज़ी पढ़ाने के लिए कोई ट्यूशन मिल जाए। या फिर मैं एक कहानी लिख सकूं, सचमुच एक अच्छी कहानी, और वह किसी पत्रिका में छप जाए, अच्छा हो किसी अमरीकी मैगज़ीन में....

और किशन सोच रहा था : हमें किसी भी तरह पैसे मिल ही जाएंगे। बहुत सारे तरीके हैं जिनसे पैसे मिल सकते हैं। जब तक कि हम दोनों साथ हैं, मुझे कोई फ़र्क़ नहीं पड़ता। जब तक मैं अकेला नहीं रह जाता तब तक मुझे कोई फ़र्क़ नहीं पड़ता।

अचानक उन्हें तेज़ी से बहते पानी की आवाज़ सुनाई पड़ी। सड़क साल के जंगल से निकलकर एक पहाड़ी नदी के किनारे आकर ख़त्म हो गयी। नदी के पत्थरों से भरे पाट के बीच से पानी की एक धारा बहती गंगा की तरफ़ चली जा रही थी। कभी यहां पुल था, लेकिन मानसून की तेज़ बारिश में पुल ढह गया और सड़क नदी के किनारे ख़त्म हो गयी।

रेत और पत्थरों के बीच चलते हुए वह दोनों धारा के किनारे पर पहुंचे और पानी के भंवर में झाग बनते देखते रहे।

'पानी गहरा नहीं है, लेकिन तेज़ है' किशन बोला, 'और पत्थरों पर फिसलन है।'

'क्या हम वापस लौट चलें?'

'नहीं, आगे चलते हैं- अगर बहाव ज़्यादा तेज़ लगा तो हम वापस लौट आएंगे।'

उन्होंने जूते उतारे और फ़ीतों से उन्हें आपस में बांधकर गले में टांग लिया। फिर सहारे के लिए एक-दूसरे के हाथ पकड़े और दोनों पानी में उतर गये।

उनके पैरों के नीचे पत्थरों पर फिसलन थी, और लड़के मददगार होने के बजाय, एक-दूसरे की वजह से कई बार गिरते-गिरते बचे। जब वह आधी दूरी तय करके धारा के बीच में पहुंचे, तो पानी उनकी कमर तक चढ़ चुका था। बीच धारा में पहुंचकर वह यह सोचकर ठिठक गये कि अब अगर और आगे बढ़ेंगे तो बहाव की तेज़ी की वजह से पैर जमाए रखना मुश्किल हो जाएगा और वह बह जाएंगे।

'मैं बड़ी मुश्किल से खड़ा हूं,' किशन बोला, 'बहाव से उलटे तैरना बहुत मुश्किल होगा।'

'अब और ज़्यादा गहराई नहीं होगी,' रस्टी ने उम्मीद जतायी।

तभी किशन का पैर फिसला और वह पीठ के बल पानी में गिर गया, और उसके ऊपर रस्टी भी गिरा। किशन ने इधर-उधर हाथ-पैर पटकने शुरू किये, लेकिन आख़िरकार रस्टी का दाहिना पैर पकड़ कर वह संभला और सिर पानी के बाहर निकाल सका।

जब उन्होंने देख लिया कि बहाव के साथ बह जाने का ख़तरा नहीं है, तो ज़्यादा हाथ-पैर चलाने के बजाय दोनों होशियारी से चलते हुए दूसरे किनारे की तरफ़ बढ़ने लगे। तेज़ बहाव की वजह से दोनों करीब तीस गज़ आगे जाकर पानी से निकले।

पानी से निकलने पर दोनों थक कर चूर-चूर हो चुके थे, और वहीं खिली धूप में गुनगुनी रेत पर लुढ़क गये। किशन के हाथ पर जिस जगह कटने से ख़ून निकल रहा था, वह चिढ़कर मुंह बनाता हुआ उस जगह चूसकर बार-बार ख़ून पानी में थूक रहा था।

थोड़ी देर में दोनों फिर चल पड़े, लेकिन किशन के पेट में भरा पानी जब-जब उसके मुंह में आता, वह उसे थूकता था। यह सिलसिला देर तक जारी रहा।

'हम जल्दी ही देहरा में होंगे,' रस्टी बोला, 'और फिर पैसों की चिंता किये बग़ैर हम जी भर कर खाएंगे... सूअरों की तरह।'

'नवाबों की तरह!' किशन ने कहा। 'मुझे लगता है कि अभी आठ या दस मील और चलना है। अब तो मैं दूरी के बारे में सोच ही नहीं रहा हूं। और तुम?'

'मैं सोच रहा था कि हमें उस नदी पर एक बार फिर जाना चाहिए, जब हमारे पास खाने को खूब हो, और किसी बात की फ़िक्र न हो।'

'लेकिन अब मैं तो यहां दोबारा नहीं आने वाला,' किशन ने कहा।

जंगली रास्ते पर चलते-चलते दोनों थक चुके थे और भूखे भी थे, लेकिन खूब खुश थे। फिर रास्ते में एक मोड़ आया और मुड़ते ही उन्होंने एक बाघ को अपने सामने पाया। बाघ उनसे करीब पंद्रह गज़ दूर रास्ते के बीच में खड़ा था। जितना लड़के बाघ को देखकर हैरत में थे उतना ही बाघ लड़कों को देखकर। उसने अपना सिर ऊंचा उठाया और पूंछ को इधर-उधर लहराया, लेकिन लड़कों की तरफ़ एक क़दम भी नहीं बढ़ाया। लड़के भी जहां के तहां बुत से खड़े रहे। इतने हक्के-बक्के रह गये थे कि कुछ और करने को कैसे सूझता, और अच्छा ही हुआ, क्योंकि अगर वह भागते या चिल्लाते या अपना डर ज़ाहिर होने देते तो बाघ उनपर हमला करने को मजबूर हो जाता। और, कुछ पल बीतने पर बाघ ज़रा सा भी गुर्राए बिना रास्ता पार करके दूसरी तरफ के जंगल में चला गया।

लेकिन लड़के अभी भी बुत बने खड़े रहे। लेकिन उनकी बोलती जो बंद हो गयी थी बाघ को देखकर, वह लौट आयी।

पहले किशन भारी-सी आवाज़ में फुसफुसा कर बोला-'तुमने बताया नहीं था कि यहां बाघ भी हैं।'

'मैंने इस बारे में सोचा भी नहीं था,' रस्टी ने जवाब दिया।

'अब हमें आगे चलना चाहिए या पीछे?'

'क्या उस पहाड़ी नदी को फिर से पार करने का मन है? और फिर बाघ ने तो हमारे ऊपर ध्यान ही नहीं दिया। चलो आगे ही चलते हैं।'

और वह दोनों जंगल से होकर जाने वाले उस रास्ते पर आगे बढ़ते रहे। कई खूबसूरत मोर और बंदरों का एक झुंड उन्होंने देखा, लेकिन उन्हें दोबारा बाघ नहीं दिखाई दिया। लेकिन जब तक वह दोनों जंगल से बाहर निकल कर दोनों तरफ खेतों वाली खुली सड़क पर नहीं पहुंच गये, तब तक उन्हें बाघ के ख़ौफ़ से छुटकारा नहीं मिला। जंगल से निकलने के बाद दोनों ठहाके मार कर हंसे।

'मुझे लगता है कि बाघ से जितना हम नहीं डरे, उससे ज़्यादा बाघ हमसे डर गया था,' किशन बोला, 'क्योंकि वह तो दहाड़ा तक नहीं!'

'और यह तो अच्छा ही रहा कि वह दहाड़ा नहीं, वरना हम यहां तक नहीं पहुंच पाते।'

दोनों हँस पड़े, अपने-आप पर, और उनके खुलकर हंसने में छुपी थी उनकी ख़ुशी।

रस्टी किसी दूसरे के मुक़ाबले किशन के साथ ज़्यादा अच्छा महसूस करता

था, शायद इसलिए क्योंकि किशन उसके सबसे पहले दोस्तों में से था, और इसलिए भी क्योंकि वह दोनों बड़ी तेज़ी से बचपन की दहलीज़ लांघकर बड़े हुए थे। सोमी और किशन से मुलाक़ात से पहले रस्टी का और किसी के साथ इतना गहरा मेल-मिलाप नहीं था।

वह बहुत छोटा था जब उसकी मां चल बसी थी, और उसके पिता भी ज़्यादा लंबा नहीं जीये थे। मां धुंधली यादों का साया थी, जिसकी यादें तो थीं, लेकिन उसके मन पर पिता की जैसी छाप थी, उसके आगे मां की यादें कमज़ोर लगती थीं। और पिता के बाद जिसकी देखरेख में उसकी परवरिश हुई उस 'अभिभावक' से उसे नफ़रत थी।

उन शुरुआती बरसों में अंग्रेज़ियत का बोलबाला था, और जिन चंद हिंदुस्तानियों को वह जानता था, वह सारे नौकर-चाकर थे। जब वह पांच साल का था, तब बड़े गर्व के साथ उसने खानसामा को बताया था कि इंग्लैंड हिंदुस्तान से दस गुना बड़ा है, और खानसामा ने उसकी इस बात को सच मान लिया था।

जैसे-जैसे वह बड़ा हुआ, जिससे उसे दूर रखा गया था, उस असली हिंदुस्तान- बाज़ार, मंदिर और गांवों को उसने टुकड़ों में जाना। रस्टी हिंदुस्तान को अच्छी तरह तब जान पाया जब उसने हिंदुस्तानियों से दोस्ती की। उसके 'अभिभावक' को उसके दोस्त और उसका बाज़ार जाना अच्छा नहीं लगता था, और इस बात पर उनका ऐसा झगड़ा हुआ कि रस्टी घर से भाग गया और साल भर किशन के परिवार के साथ रहा।

शुरुआत में सब कुछ अलग-अलग सा लगता था- एक तो वह अलग दिखता था- हिंदुस्तानी कपड़े पहनना, हिंदुस्तानी खाना खाना, हिंदुस्तानियों की तरह नहाना- और साथ ही एक दूसरे नज़रिये से अलग, जिससे उसका सोचने का ढंग ही अलग हो गया। हालांकि वह इतना बड़ा हो चुका था कि काफ़ी हद तक पश्चिमी सोच को समझ चुका था, लेकिन अभी उसमें इतना लचीलापन बाकी था कि वह नये और अनजान माहौल में खुद को ढाल सके, और कुछ हद तक भारतीय मूल्यों को अपनी ज़िंदग़ी में उतार सके। ऐसा करना उसे कभी अपनी वफादारी के बंटवारे जैसा नहीं लगा बल्कि इसे उसने अपनी दोहरी विरासत के तौर पर देखा।

एक साल उसने बहुत ही बढ़िया ज़िंदगी गुज़ारी- उसने किशन की मां मीना को पूजने की हद तक प्यार किया- सोलह साल के लड़के का मूक प्रेम जिस

पर उसे ख़ुद काबू नहीं था। और मीना ने भी उसे प्यार किया, जैसे एक औरत किसी बेघर लड़के को करती है। फिर कार दुर्घटना में मीना की मौत हो गयी, और किशन के पिता ने दोबारा बोतल से यारी कर ली, और दूसरी औरत ब्याह लाये। रस्टी दिल्ली जाने के लिए देहरा से निकला और हरिद्वार में उसे मिल गया किशन। रस्टी देहरा से निकला था हिंदुस्तान छोड़ बाहर चले जाने के इरादे से, लेकिन किशन मिल गया तो दोनों देहरा लौट पड़े।

उन्होंने साथ में जो ख़तरे उठाए उनसे उन्हें डूबती उम्मीदों में नयी जान डालने में मदद मिली, और हिमालय की निचली पहाड़ियों और शिवालिक के बीच फैली उपजाऊ वादी में कदम रखते हुए उनके दिलों में नयीं उमंगें उठने लगीं। वादी में फैले थे गेहूं, मक्के, और गन्ने के खेत और चाय बागान के साथ अमरूद, लीची और आम के बाग।

देहरा के बाहरी इलाके में एक छोटा-सा गांव था, और जब रस्टी और किशन अपने पांव खींचकर चलते हुए वहां पहुंचे, तो दीया-बत्ती का वक़्त हो चला था। अब जब उनका सफ़र तकरीबन ख़त्म होने को था, तब उन्हें अपनी थकान और दर्द-तकलीफ़ का कुछ ज़्यादा एहसास होने लगा था, और जो शहर उनका घर था, अचानक उन्हें अनजान और बेदिल लगने लगा था, जैसे अब उन्हें पहचानता ही न हो।

सोने की जगह

ज‌ब वह तंदूरी मछली की दुकान पर पहुंचे तो किशन और रस्टी इतने भूखे और थके हुए थे कि और आगे जाने की तो वह सोच भी नहीं सकते थे, इसलिए वह वहीं बैठ गये और खाने का ऑर्डर दे दिया। सलाद से घिरे गरमागरम मछली के टुकड़े और कटा नींबू... उसे फटाफट सफाचट करने के बाद उन्होंने एक और प्लेट मंगा ली। वही मछली, सलाद और नींबू, और साथ में पीने के लिए गरमागरम मसाला चाय।

'ज़िंदग़ी में सबसे अच्छी चीज़ होती है खाना,' किशन बोला, 'और कोई चीज़ इसकी बराबरी नहीं कर सकती।'

'मानता हूं,' रस्टी बोला, 'भैया, तुम बिलकुल ठीक कह रहे हो।'

खाने के बाद वह अपने जाने-पहचाने भीड़-भरे बाज़ार और वहां के शोर के बीच से गुजरते घंटाघर से आगे सीधे अपने पुराने घर की सीढ़ियों पर चढ़ते चले गये। उसी बान से बुने पलंग पर हफ़्ते भर पड़े रहने का इरादा मन में लिये। लेकिन जैसे ही वह सारी सीढ़ियां चढ़कर ऊपर पहुंचे, उन्होंने देखा कि कमरे के दरवाज़े पर तो ताला लगा था। वह उनका ताला नहीं था, एक भारी-सा ताला था, जो मनहूस सा लग रहा था।

'चलो इसे तोड़ डालते हैं!' किशन बोला।

'कोई फायदा नहीं!' रस्टी ने समझाया, 'मकान मालिक नहीं चाहता कि हम इस कमरे में रहें। मौका मिलते ही उसने ऐसा क़दम उठाया है कि हम यहां न रह सकें। चलो चलकर उसके आदमी से बात करते हैं। शायद वह हमें कमरा वापस दिलवा दे। और फिर हमारा सामान भी तो अंदर है।'

रस्टी सबसे ऊपर वाली सीढ़ी पर खड़ा कुछ सोचते हुए नीचे देखने लगा-

बजरी वाला रास्ता, लीची का पेड़, आम का पेड़, वह जगह जहां बैडमिंटन खेला जाता था, वहां घास की जगह अब खरपतवार उग आये थे- और यह सब देखते हुए उसे ऐसा लग रहा था जैसे बस अभी किशन की मां आवाज़ देकर उसे खेलने के लिए नीचे बुलाएंगी, और किशन के पिता वही हरा लबादा पहने बोतल को बगल में दबाये सीढ़ियों पर बैठे मिलेंगे। वह तो अब यहां हैं ही नहीं, और अब कभी वापस नहीं आयेंगे। रस्टी तय नहीं कर पा रहा था कि वह अब पहले वाले कमरे में रहना भी चाहता था या नहीं।

'तुम यहां कुछ देर इंतज़ार कर सकते हो तो मैं जाकर चाबी ले आऊं?' रस्टी ने पूछा।

'नहीं, मुझे यहां अकेले डर लगेगा।' किशन ने जवाब दिया।

'क्यों?'

'क्योंकि...,' किशन रस्टी की शक्ल देखने लगा, इस उम्मीद में कि शायद वह खुद समझ जाएगा, फिर बोला- 'क्योंकि यह कभी हमारा घर हुआ करता था, और मेरे मम्मी-डैडी यहां रहते थे, और अब जब वह यहां नहीं हैं,, तो मुझे यह घर काटने को दौड़ता है। मैं साथ चलूंगा। और फिर मैं तो चाहता हूं... उस मुंशी की गर्दन मरोड़ दूं।'

मुंशी अपने घर के दरवाज़े पर ही मिल गया। सुस्त सा, झुकी कमर वाला बुड्ढा, काला कोट और सफ़ेद धोती पहने निकला। पुराने ज़माने का चश्मा उसकी नाक पर टिका था। वह सेठ के यहां नौकरी करता था, और सेठ की शहर में बहुत सारी ज़मीन-जायदाद थी। उनका किराया वसूल करना, किरायेदारों से मकान खाली करवाना- जो कि लगातार मुश्किल होता जा रहा था- और मकानों की मरम्मत और रखरखाव जैसे काम मुंशी के ज़िम्मे थे।

'तुम्हारा वाला कमरा किराये पर दे दिया गया है,' मुंशी ने बताया।

'क्या मतलब है तुम्हारा, मिस्टर?,' कड़क अंदाज़ में किशन ने पूछा।

'जब हमने छोड़ा ही नहीं था तो कैसे किसी और को दे दिया गया?' रस्टी ने सवाल दागा।

'तुम तो किरायेदार थे ही नहीं,' मुंशी ने इतनी ज़ोर से कंधे उचकाते हुए कहा कि उसका चश्मा नाक से सरकते-सरकते बचा। 'कपूर साहब ने अपने कमरों में से एक तुम्हें रहने के लिए दे रखा था। उन्होंने मकान खाली कर दिया। फिर, जब तुम नहीं थे तो मैंने सोचा कि तुम भी हमेशा के लिए चले गये हो।' मुंशी

ने अपने हाथों से ऐसा इशारा किया जैसे वह कितना लाचार हो, और नाक से चश्मा सरक कर गिरने से पहले उसे उतार लिया और अपनी कमीज़ से पोंछने लगा।

आख़िरकार वह बोला– 'सेठजी का हुक्म था कि कमरा फौरन किराये पर चढ़ा दिया जाए।'

'लेकिन आपने यह कैसे मान लिया कि मैं हमेशा के लिए चला गया हूं, जबकि मेरा सामान कमरे में था,' रस्टी ने दलील दी।

मुंशी ने सिर खुजाया, और कहा– 'ज़्यादा कुछ तो था नहीं, मैंने सोचा कि तुम्हारे मतलब की चीज़ें नहीं होंगी, इसीलिये छोड़ गये हो। मैंने सोचा कि तुम इंग्लैंड जा रहे हो। तुम कल आकर अपनी चीज़ें ले जाना, वह मालखाने में रखी हुई हैं, और चाबी सेठजी के पास है। लेकिन अब कमरा तुम्हें नहीं मिल सकता।'

अब रस्टी को समझ में नहीं आ रहा था कि आगे क्या करना चाहिए, लेकिन वह वहीं मुंशी के कमरे के सामने खड़ा रहा। किशन एक कदम आगे बढ़ा, और समझदारी वाली बात कही– 'तो फिर हमें दूसरा कमरा दे दो।'

'अभी तो मैं कुछ नहीं कर सकता, बहुत देर हो चुकी है,' मुंशी ने कहा, 'तुम कल आ जाना, मैं देखूंगा, लेकिन वादा नहीं कर सकता कि तुम्हें कमरा मिल ही जाएगा। हमारे सारे कमरे किराये पर उठ चुके हैं। अभी मैं तुम्हारी कोई मदद नहीं कर सकता। लेकिन तुम्हें कहीं न कहीं तो जगह मिल ही जाएगी।'

'हम जगह ढूंढ़ लेंगे,' रस्टी ने मुंशी की घुमावदार बातों से ऊबते हुए कहा, 'चलो भैया, फ़िलहाल रेलवे स्टेशन तो कहीं नहीं गया है।'

किशन पहले तो वहीं खड़ा रहा, फिर मुंशी की तरफ़ देखकर मुंह बनाया और रस्टी के पीछे चल पड़ा।

गेट से बाहर निकलने के बाद किशन के मुंह से निकला– 'अब हम कहां जाएंगे?'

दोनों सड़क के बीच खड़े-खड़े सोच में पड़ गये।

'चलो, पहले तो चलकर कहीं बैठते हैं,' रस्टी ने सुझाया, फिर कुछ सोच पाएंगे। यहां सड़क के बीच बेवकूफों की तरह खड़े होकर तो हम किसी नतीजे पर नहीं पहुंच सकते।'

'चलो, चाय की दुकान पर चलकर बैठते हैं,' किशन ने सुझाया, 'चाय तो हम काफ़ी पी चुके हैं, फिर भी वहीं चल कर बैठते हैं।'

बाज़ार के आखिर में उन्हें चाय की दुकान मिल गयी। नाले को पाटकर

उसपर लकड़ी के लट्ठों से बनी दुकान, जहां सिर्फ़ दो मेज़ थीं, और ज़्यादातर ग्राहक बाहर पड़ी लकड़ी की बेंच पर बैठे थे, जहां वह दुकानवाले की बातें सुन सकते थे, जो उनका चहेता किस्सागो था!

दुकान के बाहर ज़मीन पर एक बड़ा लड़का बैठा था। उसका सिर घुटा और कपड़े फटे थे। वह गूंगा था, तभी वहां बैठे लोग उसे गूंगा कह कर उसका मज़ाक उड़ाते हुए बीच-बीच में उसके सिर पर एकाध चपत भी लगा देते थे। गूंगा उनकी बातों का बुरा नहीं मानता था। वह कभी लोगों को देखकर तरह-तरह के मुंह बनाता और कभी उनकी बातों पर खुद भी हंसने लगता। वह सिर्फ़ एक ही शब्द बोल सकता था- गू। बीच-बीच में जब वह यह शब्द बोलता, तो लोग खूब हंसते थे।

जब उसने रस्टी और किशन को दुकान में घुसते देखा तो बोला- 'गू!' फिर वह उनकी तरफ़ देखकर हंसा और दोबारा 'गू!' बोला। सब हंस पड़े। बेंच पर से कोई उठा और उसने गूंगे की घुटी टांट पर एक चपत लगा दी। गूंगा उसपर लपका और अजीब-अजीब आवाज़ें निकालने लगा। इसी बीच किसी ने उसे टंगड़ी मार दी, और बेचारा गूंगा धड़ाम से गिरा। फिर सारे हंसने लगे।

रस्टी और किशन अंदर वाली मेज़ पर बैठ गये। गूंगे को छोड़कर दुकान पर मौजूद बाकी सभी लोग चाय पी रहे थे।

'गूंगे को एक गिलास चाय दे दो,' किशन ने चायवाले से कहा।

चायवाला हंस दिया, और चाय बनाने में जुट गया। गूंगे ने किशन और रस्टी की तरफ देखा और बोला- 'गू।'

'अब हमारे पास कितने पैसे बचे हैं,' किशन ने मुद्दे की बात पर आते हुए पूछा।

'करीब नौ रुपये,' रस्टी ने जवाब दिया, -'अगर हम होशियारी से ख़र्च करें तो कुछ दिन तो चल ही जाएंगे।'

'एक हफ़्ते से ज़्यादा चलेंगे,' किशन ने कहा। 'हम एक रुपये रोज़ के हिसाब से आराम से खाना खा सकते हैं, अगर हम मुर्गे न उड़ायें तो। लेकिन तुम्हें एक-दो दिन में कोई काम ढूंढ़ लेना चाहिए।'

'ये मत सोचो कि काम मिल ही जाएगा।'

'लेकिन ये सोच-सोच कर फालतू परेशान होने से भी तो कुछ नहीं होगा।'

चायवाला एक दिलचस्प किस्सा सुना रहा था, किसी जिन्न के बारे में

जिसकी पहुंच इतनी थी कि वह मिठाइयां चुरा लिया करता था... और जब तक कहानी पूरी नहीं हो गयी, तब तक के लिए लड़के अपनी ज़रूरी बातचीत भूल गये।

'अब किसी और की बारी है,' चायवाला बोला। तभी किसी ने कहा- 'ये गोरा लड़का अब हमें कहानी सुनाएगा।' ये सुनते ही सबकी नज़रें रस्टी पर आकर ठहर गयीं।

रस्टी से कहानी सुनाने की फ़रमाइश की थी दुकान पर ग्राहकों को चाय देने वाले लड़कों मे से एक ने। उसकी उम्र बारह साल से ज़्यादा नहीं होगी, हंसते में गाल पर गड्ढे पड़ जाते थे, और आंखों में नटखट बच्चों वाली चमक थी, इसके बावजूद लगता था कि वह दुनियादारी से बेख़बर नहीं है। गोरा रंग और गाल की उभरी हुई हड्डी बताती थी कि वह पहाड़ के किसी सरहदी ज़िले से था।

'मुझे तो कहानियां पता नहीं,' इतना कहकर जैसे रस्टी ने हाथ खड़े कर दिये।

'ऐसा नहीं हो सकता,' चायवाले ने कहा, 'हर किसी के पास एक न एक कहानी ज़रूर होती है, चाहे वह ख़ुद उसकी अपनी ही क्यों न हो।'

'हां, चलो सुनाओ,' पहाड़ी लड़का बोला।

'तुम हमें रात के लिए कमरा दिला दो, और ये तुम्हें कहानी सुना देगा।' ठेठ पंजाबी अंदाज़ में अदला-बदली की शर्त रखते हुए किशन ने कहा।

'मुझे तो ऐसी कोई जगह पता नहीं है,' चायवाले ने कहा, 'लेकिन अगर तुम चाहो तो मेरी दुकान में सो सकते हो। वैसे तुम ज़्यादा सो नहीं पाओगे, क्योंकि यहां रात भर लोग आते-जाते रहते हैं- ख़ासकर ट्रक ड्राइवर।'

'चिंता मत करो, मुझे बहुत सारी जगहें पता हैं जहां तुम ठहर सकते हो। पहले कहानी तो सुनाओ।' पहाड़ी लड़के ने कहा।

रस्टी ने एक भूतों वाली कहानी सुनाई, और सुनने वालों ने खूब मजा लिया।

'ठीक है, अब हमें ये बताओ...,' रस्टी ने पूछा, '...कि यह कहानी ख़त्म होने के बाद, हम आज रात को सोएंगे कहां? दो रुपये से कम में तो होटल का कमरा भी नहीं मिलेगा।'

'अब इतनी भी सर्दी नहीं है,' किशन बोला, 'हम मैदान में भी सो सकते है, और वहां एक टीन का साया भी है।'

रस्टी ने लाचारी से आह भरी, और सोचने लगा- साल भर पहले जब मैं घर से भागा था तब मैं मैदान में सोया था, और अब फिर मैदान में सोने जा रहा हूं। क्या इसी को 'तरक्की' कहते हैं?

वह किशन से बोला- 'पिछली बार जब मैं मैदान में सोया था तब रात भर बारिश हुई थी। आंख खुली तो मैंने खुद को कीचड़ में पाया था।'

'लेकिन आज बारिश नहीं होगी,' किशन ने खुश होते हुए कहा, 'आसमान में एक भी बादल नहीं है।'

उन्होंने आसमान पर नज़र डाली। चांद क़रीब-क़रीब पूरा ही था, जिससे तारों की शान कम हो रही थी।

दुकान पीछे छोड़ दोनों ने खुले मैदान की तरफ़ चलना शुरू किया। अब दुकानें बंद हो चुकी थीं, और बाज़ार तकरीबन ख़ाली। सिर्फ़ ऊपर वाली खिड़कियों से रोशनी आ रही थी। अचानक रस्टी को अपने पीछे किसी के दबे पांव चलने की आवाज़ का एहसास हुआ, और जैसे ही सिर घुमाकर पीछे देखा, तो पाया कि गूंगा उनके पीछे चल रहा था।

गूंगे ने जैसे ही देखा कि उसे देख लिया गया है, वह बोला- 'गू।'

'अरे यार, क्या मुसीबत है!' किशन ने खीजते हुए कहा- 'हमने इसे चाय क्यों पिलायी? लगता है ये गूंगा यह सोच कर हमारे पीछे पड़ गया है कि हम अमीर हैं।'

'लेकिन यह कोई नुकसान नहीं पहुंचाएगा,' रस्टी ने समझाया, जबकि उसने खुद अपनी चाल तेज़ कर दी थी। 'शायद हमारे बारे में इसकी सोच हमें मैदान में सोता हुआ देखने पर बदल जाए।'

तभी पीछे चलता गूंगा बोला- 'गू,' और अपनी चाल में तेज़ी लाते हुए उनके पीछे चलता रहा।

वह अचानक एक गली में घुस गये, ताकि गूंगा रास्ता भटक कर पीछे छूट जाए, लेकिन वह उनके पीछे लगा रहा, रुक-रुक कर डरावनी-सी हंसी हंसता उनके पीछे चलता रहा। गलियों से निकलकर वह मेन रोड पर आये, और घंटाघर पर पहुंचे, तब भी गूंगा उनके पीछे लगा था।

मैदान के एक सिरे पर पहुंचने पर रस्टी ने गूंगा से कहा- 'गूंगा, जा यहां

से! हमारे पास न पैसे हैं, न खाने को कुछ है और न कपड़े हैं। हमारा हाल भी तुझसे कहीं बेहतर नहीं है। जा यहां से।'

'हां, चलो फूटो... भाग लो यहां से!' किशन ने रौब झाड़ने वाले अंदाज़ में कहा।

लेकिन गूंगा एक क़दम आगे बढ़ा और बोला– 'गू!' उसका घुटा हुआ सिर चांदनी में चमक रहा था। रस्टी ने कंधे उचकाते हुए किशन का हाथ पकड़ा और उसे साथ खींचता हुआ मैदान में ले गया। गूंगा वहीं मैदान के सिरे पर खड़ा सिर हिलाता रुक-रुक कर डरावनी सी हंसी हंसता रहा। उसके चीथड़े कपड़ों में से उसकी काली और पपड़ी सी चमड़ी दिखाई दे रही थी, और उसके पैर मिट्टी से सने थे। वह रस्टी और किशन को मैदान में उगी घास में चलकर दूसरी तरफ़ जाते देखता रहा, तब तक देखता रहा जब तक कि वह लेट नहीं गये, और फिर उसने अपने कंधे उचकाए, और 'गू' बोलकर वहां से चला गया।

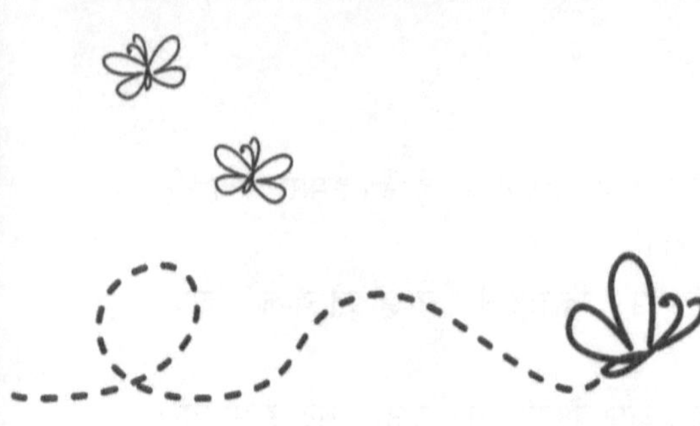

पुराना गिरजा

'जब तक कि रहने को जगह नहीं मिल जाती, हम अपना सारा सामान मुंशी के पास ही छोड़ देते है,' रस्टी ने जम्हाई लेने के साथ बांहें फैलाकर अंगड़ाई लेते हुए कहा, 'लेकिन इस वक्त मैं कम-से-कम अपने कपड़े बदलना चाहता हूं।'

जब तक सूरज ने अपना पहली गुलाबी उजाला पहाड़ियों के इस पार नहीं बिखेरा तब तक मैदान में ठंड थी। घास पर बीते दिन की निशानियां बिखरी पड़ीं थीं- सीला हुआ एक अख़बार, एक टूटा खिलौना, पेड़ की डाल से लटकती एक बेचारी-सी कटी पतंग। रस्टी और किशन ओस से भीगी घास पर बैठे इंतज़ार कर रहे थे कि कब धूप की गुनगुनाहट उनकी चमड़ी को पार करके हड्डियों तक पहुंचे और जिस सर्दी ने उन्हें जकड़ रखा है उसे खदेड़ दे।

वह ठीक से सो नहीं पाये थे और उनकी आंखें भारी-भारी हो रही थीं। रस्टी के बाल पुआल के छोटे से गट्ठर से हो रहे थे, और किशन की टांगों पर मच्छरों के काटने से ददोड़े पड़ गये थे।

'ऐसा क्यों कि मच्छरों ने तुम्हें उतना नहीं काटा जितना मुझे?' किशन ने सवाल किया।

'तुम्हारा स्वाद ज़्यादा अच्छा होगा, और क्या!' रस्टी ने जवाब दिया। 'और मुझे लगता है कि अब हमें अलग-अलग जाकर काम निपटाना चाहिए।'

'लेकिन क्यों?'

'क्योंकि इस तरह हम ज़्यादा कुछ कर सकेंगे। तुम मुंशी के पास चले जाओ और उसे इस बात के लिए मनाने की कोशिश करो कि वह हमें कोई दूसरा कमरा दे दे। लेकिन उसे पेशगी के तौर पर कुछ मत देना। इस बीच मैं कुछ स्कूल जाकर देखता हूं कि क्या मुझे अंग्रेज़ी के ट्यूशन मिल सकते हैं।'

'ठीक है रस्टी। फिर हम कहां मिलेंगे ?'

'घंटाघर पर। यही कोई बारह बजे।'

'फिर हम खाना खाएंगे,' किशन ने बड़े जोश के साथ कहा।

रस्टी मुस्कराया। बहुत दिनों से वह इतनी अच्छी तरह नहीं मुस्कराया था, और रस्टी के चेहरे पर मुस्कराहट देखकर किशन को विश्वास हो गया कि अब सब कुछ अच्छा होता जाएगा।

'खाना तो ऐसी चीज़ है जिसपर हमारी राय हमेशा एक ही होती है,' रस्टी ने कहा।

दोनों ने मैदान के एक छोर पर लगे नल पर मुंह धोये। इस जगह आमतौर पर पहलवान मिलते हैं, लेकिन उस सुबह नहीं पहुंचे थे, और अखाड़ा खाली था। वरना रस्टी को वह दोस्त भी मिल सकता था जिसे हाथी के नाम से जाना जाता था। जो वहां आकर वज़न उठाया करता था। नल पर अपनी पीठ और कंधों को रगड़ते हुए इस बात का एहसास हुआ कि उसके बाल कटवाने लायक हो गये हैं, और उससे भी ज़्यादा उसे दाढ़ी बनवाने की ज़रूरत है।

'मुझे हजामत करवानी पड़ेगी,' उसने इस तरह कहा जैसे कोई मुसीबत आन पड़ी हो। 'तुम अच्छे हो कि अभी तुम्हारी ठोड़ी पर दो-चार बाल ही आते हैं। मुझे तो हर हफ़्ते दाढ़ी बनवानी ज़रूरी हो जाता है, पता है तुम्हें ?'

'अच्छी फ़िज़ूलखर्ची है!' किशन बोला, 'क्या तुम दाढ़ी रख नहीं सकते ? दाढ़ी बनवाने में तो चार आने लगेंगे।'

'अगर मैं दाढ़ी रख लूंगा तो कोई मुझे ट्यूशन नहीं देगा।'

'अच्छा, ठीक है,' किशन ने अपने होंठ के ऊपर मूछों की रेख पर हाथ फेरते और खीजते हुए कहा, 'तुम चार आने ले लो और हजामत करवा लो। लेकिन बाकी के पैसे मैं अपने पास रखूंगा, क्योंकि हो सकता है मुझे मुंशी को कुछ देना पड़े। अगर वह हमें कमरा देता है, तो उसे एक-दो रुपये पेशगी देने में कोई हर्ज नहीं है।'

किशन ने रस्टी को वहीं नल पर छोड़ा, और सीधे मुंशीजी के घर जा पहुंचा, लेकिन उसकी किस्मत ने साथ नहीं दिया। मुंशी ने कमरा किराये पर देने के लिए पेशगी में पंद्रह रुपये मांगे। उसने यह बात नरमी से लेकिन ज़ोर देते हुए कही, और अपनी मजबूरी ज़ाहिर करते हुए यह भी बताया कि वह महज सेठ जी का नौकर ही था, और उसे उनके हुक्म मानने पड़ते हैं। किशन

ने चलने से पहले सेठ जी के बारे में कुछ ऐसी बातें बोलीं जिनसे उनकी बेइज़्ज़ती होती थी।

खीज के बावजूद किशन निराश हुए बिना (आसानी से निराश होना उसकी फ़ितरत में नहीं था) किशन तेज़ी से चलता हुआ बाज़ार के पीछे की गलियों में चलता गया। रस्टी से मिलने के तय वक़्त से पहले अभी उसके पास दो घंटे थे। उसे समझ में नहीं आ रहा था कि उसे इस बीच क्या करना चाहिए। एक गली के अंदर एक अहाते में तीन लोग धूप में बैठ कर ताश खेल रहे थे। किशन कुछ देर वहीं खड़े होकर उन्हें देखता रहा, जब तक कि उनमें से एक ने उसे खेल में शामिल होने के लिए नहीं बुला लिया। किशन ताश खेल रहे लोगों के साथ बारह बजे तक रहा।

इस बीच रस्टी नाई की दुकान पर गया और चार आने में अपनी हजामत बनवायी। नाई जो कि उसका ख़ास दोस्त था, और उसके हल्के भूरे बालों में उंगलियां फिराने में उसे बड़ा मज़ा आता था। उसने मुफ़्त में रस्टी की चम्पी भी कर दी। चम्पी बड़ी मज़ेदार थी, और उसमें सिर ही नहीं, आंखें, गर्दन और माथा भी शामिल था। नाई का रंग काला था, और उसकी चमड़ी चमक मार रही थी। चौड़े कंधे और ड्रम जैसे चौड़े सीने वाले नाई ने सफ़ेद चिकन का कुर्ता पहन रखा था, जिसमें से उसका ताकतवर बदन नज़र आ रहा था। उसकी मज़बूत उंगलियां उसके सिर पर थिरकतीं और दबाव बनातीं, और उसकी हथेलियां और हथेली की हड्डी रस्टी के माथे पर थिरक रही थीं, थपथपा रही थीं। रस्टी को माथे के दोनों सिरों पर ख़ून का दौरा तेज़ होता महसूस हो रहा था। और जब चम्पी ख़त्म हुई तो उसे सिर होने का एहसास ही नहीं रह गया था। रस्टी वहां से निकला तो सड़क पर चलते हुए उसे अजीब-सा हल्कापन महसूस हो रहा था, उसे लग रहा था जैसे उसका सिर ही नहीं है।

वह तीन बड़े स्कूलों का चक्कर लगा आया, लेकिन नतीजा कुछ नहीं निकला। सभी जगह उससे यह कह दिया गया कि अगर उसके मतलब का कोई काम निकलेगा तो उसे ज़रूर बुलवाएंगे। लेकिन उन्होंने यह नहीं पूछा कि अगर उसे बुलाना हो तो कहां ख़बर करनी होगी। आख़िर में वह जिस स्कूल गया वहां उससे कहा गया कि वह एक-दो दिन में दोबारा आकर पता कर ले।

शहर के एक सिरे पर पुराना सेंट पॉल गिरजा था जो एक साल से ज़्यादा समय से पैसे की कमी और न के बराबर लोगों के आने की वजह से बंद पड़ा था। देहरा के कैथोलिक किसी तरह अपने चर्च और कॉनवेंट का रखरखाव तो कर रहे थे, लेकिन देहरा के बाहर के लोगों को सेंट पॉल के गिरजे की कोई परवाह नहीं थी। आख़िरकार पादरी ने इमारत में ताला लगाया और वहां से चले गये। रस्टी को इस बात का अफ़सोस था, इसलिए नहीं कि उसे चर्च जाना अच्छा लगता था, उसे तो भीड़-भाड़ में आना-जाना खुद भी पसंद नहीं था, बल्कि इसलिए क्योंकि गिरजा पुराना और ऐतिहासिक था, और रस्टी का उस जगह से निजी ताल्लुक भी था। और उसे पुरानी जगहों और पुराने लोगों को अकेले-अकेले ख़त्म होते देखना अच्छा नहीं लगता था। इमारत का प्लास्टर जगह-जगह उख़ड़ रहा था, और दीवारों से पेंट की पपड़ियां झड़ रही थीं, और हरेक दरार में काई जम रही थी। रंगीन कांच की खिड़कियों को बेलों ने ढंक लिया था। जिस बग़ीचे का कभी बेहद करीने से रखरखाव किया जाता था, वहां अब खर-पतवार और क़ाबू में न रहने वाले गेंदों का कब्ज़ा हो चुका था।

रस्टी गेट पर अपना बोझ डालकर खड़ा हो गया और चर्च को निहारने लगा। एक वक़्त था जब उसे इस जगह आना अच्छा नहीं लगता था, क्योंकि उसे अपने अभिभावक की मौजूदगी, अधेड़ औरतों की बातें, और फीके से प्रवचन सुनना कतई अच्छा नहीं लगता था। लेकिन गिरजे की यह बदहाली देखकर उसे बड़ा बुरा लग रहा था, सिर्फ़ गिरजे से जुड़े लोगों को लेकर नहीं, बल्कि इमारत को देखकर, और उन लोगों का ख़याल करके जो वहां कब्रों में दफ़न थे और उस खुली जगह में चुपचाप एक-दूसरे का साथ दे रहे थे। वहां दफ़न लोगों में से कुछ को वह खुद जानता था और कुछ उसके पिता के जानने वाले थे।

उसने चटके हुए लकड़ी के दरवाज़े को खोला और खरपतवार से पटी पगडंडी पर चलकर इमारत तक पहुंचा। आगे वाला दरवाज़ा बंद था। वह इमारत के दूसरी तरफ़ वाले दरवाज़े पर गया, लेकिन सभी दरवाज़ों को बंद पाया। वेस्ट्री यानी पादरियों के कपड़ों की कोठरी के दरवाज़े पर ताला नहीं लगा था। लेकिन ऐसा लग रहा था कि उसमें अंदर से कुंडी लगी है। दरवाज़े के ऊपर वाले हिस्से में कांच लगा था। पंजों के बल खड़े होकर रस्टी वहां तक पहुंचा। शीशे की मोटाई का अंदाज़ा लगाने के लिए उसने उन्हें ज़ोर से दबाया और फिर पीछे हटकर अपना रूमाल हाथ पर लपेटा। दोबारा पंजों के बल खड़े होकर उसने एक कांच

पर ज़ोर से मुट्ठी बांधकर चोट की। कांच टूटने की आवाज़ गूंज गयी। रस्टी ने चटकनी ढूंढने के लिए हाथ अंदर डाला और फिर पीछे हटकर दरवाज़े पर लात मारी।

दरवाज़ा खुल गया। रुमाल उसके हाथ से ज़मीन पर गिर गया, और उसकी एक उंगली की गांठ से खून निकलने लगा। उसने रूमाल उठाया और कटी हुई जगह लपेट लिया। फिर वह पादरियों के कपड़ों की कोठरी के अंदर घुस गया।

अंदर कुछ भी नहीं था। एक तरफ़, एक अलमारी का दरवाज़ा एक कब्जे पर झूल रहा था। और अलमारी में पादरी के चंद लबादे धूल खा रहे थे। एक गत्ते में प्रार्थना और भजनों की कुछ किताबें बेतरतीब-सी पड़ी थीं। एक आधी कुतरी भजन की किताब पर बैठा चूहा घुसपैठिये को देख रहा था।

रस्टी कोठरी वाले रास्ते से चर्च के हॉल में गया, जहां थोड़ी ज़्यादा रोशनी थी। रंगीन कांच वाली खिड़की से छनकर आती धूप की वजह से हॉल के प्यू यानी प्रार्थना करने वालों के बैठने के लिए लगी बेंच की कतारों के बीच फ़र्श पर बिछे लाल रंग का उधड़ा सा कालीन हल्की नारंगी-सुनहरी रोशनी में नहा रहे थे। खिड़कियों में मकड़ी के जाले लगे थे। रस्टी प्यू के बीच से होकर गुज़रा तो तमाम मकड़ी के जाले टूट गये, और डरी हुई मकड़ियां हड़बड़ाकर प्यू के दूसरे सिरे की तरफ़ भागने लगीं।

कोठरी वाले रास्ते से वह चर्च से बाहर निकल गया, और बाहर जाकर दरवाज़ा बंद कर दिया, और खिड़की से टूटे कांच के टुकड़े निकालकर झाड़ियों में फेंक दिये।

किशन के पास ताश खेलने के अलावा भी बाज़ार में करने को बहुत कुछ होता था। बाज़ार भी मील भर लंबा था, स्टेशन से घंटाघर के बीच फैला। मेन रोड से निकली पतली-पतली गलियां सड़ांध भरे मछली बाज़ार या पानी से सिंची ताज़गी भरी सब्ज़ी मंडी से होकर जाती थीं।

एक दूसरी गली कबाड़ी बाज़ार से होकर जाती थी, जहां हमेशा कुछ न कुछ दिलचस्प मिल जाया करता था। यहां से आप पुराने ज़माने की कीमती और अनोखी चीज़ों और दुर्लभ किताबें से लेकर पुराने फ़ुटबॉल, जूते, पिट्टू थैले, डिब्बे और बोतल जैसी चीज़ें ले सकते थे।

ज़्यादातर कबाड़ी मुस्लिम थे, जिनमें से ज़्यादातर इतने बूढ़े या ग़रीब थे कि बँटवारे के वक़्त देहरा छोड़कर नहीं जा सकते थे। शहर की काफ़ी मिली-जुली आबादी में उनकी तादाद बहुत कम थी, जिसमें नेपाल के कद में छोटे और गठीले गुरखे, पहाड़ों के मस्त-मुस्कराते गढ़वाली और हमेशा किसी न किसी काम में लगे रहने वाले पंजाबी हिंदू और सिख भी शामिल थे।

कभी सोये-सोये से रहने वाले इस छोटे से शहर में पंजाबियों की बदौलत हलचल और शोर आया, और हरेक सड़क के इधर-उधर तमाम छोटी-छोटी दुकानें और होटल कुकुरमुत्तों की तरह उग आये थे। हुनरमंद दर्जी, बढ़ई और व्यापारी जिन्होंने देश के बटवारे के समय सरहद पार करने की जद्दोजहद में अपना सब कुछ खो दिया था, वह नये सिरे से रोज़ी-रोज़गार के इंतज़ाम और दौलत खड़ी करने में जुट गये थे। सिर्फ़ एक पंजाबी ही बेखौफ़ होकर जिस तेज़ी से दौलत खड़ी कर सकता है वैसे ही गंवा सकता है। और किशन (जो कि पंजाबी था) भी अपने ढंग से ऐसा कर सकता था।

वह रस्टी से घंटाघर पर मिला और वहां से दोनों फ़ल-सब्जियों की सस्ती-सी मसालेदार चाट खाने चाट की दुकान पर पहुंचे। किशन दोबारा मुंशी जी के पास गया था, ताकि रस्टी के कपड़े ले सके, और अब उसके हाथ में कपड़ों की गठरी भी थी। ऐसा उसने रस्टी को खुश करने के लिए किया था, क्योंकि ताश खेलने का मामला उसे समझाना ज़रा मुश्किल होता।

'मुंशी ने बिना पंद्रह रुपये पेशगी लिये मुझे कमरा देने से इनकार कर दिया,' किशन ने बताया, 'लेकिन मैं कुछ कपड़े उठा लाया।'

'कमरा नहीं मिला तो कोई बात नहीं, क्योंकि मैंने रहने के लिए एक जगह ढूंढ ली थी,' रस्टी ने कहा।

'अरे वाह! कैसी जगह है?' किशन ने पूछा।

'सब्र करो, खुद ही देख लेना। मुझे स्कूलों में तो काम मिला नहीं, लेकिन हो सकता है एक-दो दिन में कुछ हो जाए,' रस्टी बोला, 'तुम क्या बता रहे थे कि अब तुम्हारे पास कितने पैसे बचे हैं?'

'आठ रुपये,' किशन ने ऐसे शक्ल बनाते हुए बताया, जैसे उससे कुछ ग़लती हो गयी हो। और अपने हावभाव रस्टी से छुपाने के लिए मुंह में आलू भर लिये।

'मैंने सोचा कि नौ रुपये बचे हैं,' रस्टी ने कहा।

'थे तो नौ,' किशन ने समझाया, लेकिन एक रुपया मैं हार गया। मुझे पूरा

यकीन था कि मैं जीत जाऊंगा, लेकिन उन लोगों ने ऐसा दांव खेला जिसका मुझे पता नहीं था।'

'अच्छा!' बात टालते हुए रस्टी ने कहा। 'अब आगे से सब कुछ मैं ही रखूंगा।'

बिना किसी शर्मिंदगी के किशन ने सारे नोट और सिक्के मेज़ पर रख दिये। रस्टी ने नोट और सिक्के अलग किए। नोट अपनी जेब में रख लिए, और छह आने मेज़ पर रखकर किशन की तरफ़ सरका दिये।

किशन ने दांत दिखाए, 'तो आख़िरकार तुमने मुझे कुछ पैसे रखने के लिए दे ही दिये?'

'ये चाट वाले को देने के लिए हैं,' रस्टी ने कहा। इतना कहना था कि किशन का दांत दिखाना खिसियानी हँसी में बदल गया।

वह दोनों गिरजे की तरफ़ चल पड़े। किशन चिढ़ से बुदबुदाते हुए और रस्टी खुशी-खुशी। कभी इसका उलटा हुआ करता था। ऐसा कभी-कभी होता था कि दोनों एक साथ खुश हों। वहीं दोनों एक साथ झींकते भी नहीं थे, जो कि अपने आप में एक अच्छी बात थी।

चलते-चलते यूं ही किशन बोल पड़ा- 'मैं तो नहाना चाहता हूं। जहां तुमने कमरा लिया है, वह जगह कितनी दूर है?'

'मैंने कमरे के बारे में तो कुछ कहा ही नहीं, और वहां नहाने के लिए कोई जगह नहीं है। लेकिन उस जगह के करीब सड़क के उस तरफ़ जंगल में एक धारा बहती है।'

किशन के चेहरे से लग रहा था कि उसे कुछ समझ में नहीं आ रहा था। और वह अपने बिखरे बालों को खुजाने लगा। लेकिन उसने कुछ कहा नहीं। जैसे वह एक साथ ही फ़ैसला सुनाने का मन बना चुका हो।

जैसे ही रस्टी गिरजे के गेट की तरफ़ मुड़ा, किशन ने सवाल दागा- 'अरे रस्टी, किधर चले जा रहे हो?'

'चर्च में,' रस्टी बोला।

'क्यों, क्या प्रार्थना करनी है? मुझे नहीं पता था कि तुम इतने धार्मिक किस्म के हो,' किशन ने कहा।

'मैं धार्मिक नहीं हूं, लेकिन हम चर्च में रहने जा रहे हैं।'

किशन ने ताज्जुब से अपना माथा पीट लिया और फिर ठहाका लगाकर हँसते हुए बोला– 'कैसी-कैसी जगह हम ठहरते हैं! पहले रेलवे स्टेशन, फिर मैदान और अब कैथेड्रल!'

'ये कैथेड्रल नहीं, गिरजा है।'

'दोनों में क्या फ़र्क है? वही एक ही तो धर्म है। एक मसजिद एक मंदिर से अलग हो सकती है, लेकिन एक कैथेड्रल एक चर्च से किस तरह अलग होता है?'

रस्टी ने समझाने की कोई कोशिश नहीं की, लेकिन किशन को कोठरी वाले दरवाज़े से अंदर ले गया। शांत चर्च के अंधेरे कोनों में लगे मकड़ी के जालों, ऊंची-ऊंची खिड़कियों और बिना साज-सजावट के ऑल्टर और कड़ियों के बीच फैले अंधियारे को देखकर घबराया किशन होशियारी से कदम बढ़ा रहा था।

'मैं तो यहां नहीं रह सकता,' किशन बोला, 'यहां भूत ज़रूर होगा।'

उसने अपनी उंगलियां एक पीठ वाले बेंच पर फिरायीं और धूल की मोटी पर्त पर उंगलियों के निशान छोड़ दिये।

'हम चाहें तो बेंच पर सो जाएं और या फिर कालीन पर,' रस्टी ने कहा, 'और हम ओढ़ने के लिए वह पुराने कैसक इस्तेमाल कर सकते हैं।'

'इन्हें कैसक क्यों कहते हैं?'

'मुझे इसका ज़रा भी अंदाज़ा नहीं है।'

'तो फिर मुझे कैथेड्रल के बारे में भाषण मत दो।'

'अगर किसी को पता चल गया कि हम लोग यहां रह रहे हैं, तो मुसीबत हो जाएगी।'

'किसी को नहीं पता चलेगा। अब यहां कोई नहीं आता। तुम खुद देख सकते हो, इस जगह की कोई देखभाल नहीं होती। जो लोग यहां आया करते थे, वह सब जा चुके हैं। सिर्फ़ मैं बचा हूं। और मैं कभी यहां अपनी मर्ज़ी से नहीं आता था।'

'अब तक,' किशन बोला, 'चलो, हवा आने दो।

रस्टी एक बेंच पर चढ़ गया, और उसने ऊंची वाली खिड़कियों में से एक खोल दी। ताज़ी महकती हवा का झोंका अंदर आया और बंद हॉल में छायी सीलन की गंध को खदेड़ दिया।

'चलो, अब उस धारा पर चलते हैं,' रस्टी ने कहा।

कोठरी वाले दरवाज़े से वह चर्च से बाहर निकले, बदहाली के शिकार बग़ीचे से होते हुए जंगल में चले गये। साल के पेड़ों के बीच से एक संकरी-सी पगडंडी जाती थी। वह दोनों उसी पर करीब चौथाई मील तक चले। लगता था कि उस पगडंडी पर बहुत समय से कोई चला नहीं था, और उन्हें कंटीली झाड़ियों और झड़बेरियों के बीच से अपना रास्ता बनाना पड़ रहा था। फिर उन्हें बहते हुए पानी की आवाज़ सुनाई दी। उन्हें एक चट्टान पर से फिसलते हुए एक घाटी में उतरना पड़ा जहां उन्हें पत्थर के गोल-चिकने टुकड़ों के बीच से बहती एक धारा मिली। उन्होंने अपने जूते उतारे और अपनी पतलूनों के पांयचे मोड़ लिये। फिर उन्होंने उस धारा को पार किया। वहां पहाड़ी की ढलान पर उगे फर्न, घास और जंगली फूलों के झुरमुट के बीच से पानी की पतली-सी धार निकल रही थी। और उसके दोनों तरफ़ से उठती तीखी पहाड़ी ढलानों की वजह से घाटी में छाया बनी रहती थी। पत्थर इतने चिकने थे कि देखने में मुलायम से लगते थे, और उनमें से ज़्यादातर भूरे से और कुछ पीले थे। उनपर एक छोटे से झरने का पानी गिरता था, जिससे वहां हल्के हरे से रंग का एक गोल सा तालाब बन गया था। उन्होंने अपने कपड़े उतार दिये और पानी में कूद गये। किशन कुछ ज़्यादा ही आगे चला गया, और उसने महसूस किया कि उसके पैरों तले की ज़मीन छूट रही है, और वह वापस उधर आ गया जिधर गहराई कम थी।

'मुझे नहीं मालूम था कि यह इतना गहरा होगा,' किशन बोला।

जल्दी ही वह पैसे कमाने की फ़िक्र और सफ़र की थकान दोनों को भूल गये। पहाड़ के उस ठंडे पानी में वह तैरते और छपाके लगाते रहे। किशन ने सारे कपड़े इकट्ठे किये और उन्हें चिकने पत्थरों पर पटक-पटक कर धारा के पानी में धो डाला। और फिर उन्हें घास पर सूखने के लिए फैला दिया। जब वह नहा चुके तो दोपहर की गुनगुनी धूप में घास पर पसर गये। वह दोनों कुछ देर आपस में बातें करते और बातें करते-करते झपकी ले लेते, और फिर जागकर बतियाने लगते।

'मैं सोमी को ख़त लिखने जा रहा हूं,' रस्टी ने कहा, 'लेकिन मुझे उसका पता नहीं मालूम।'

'क्या उसकी मां अब यहां नहीं हैं?' किशन ने पूछा।

रस्टी अचानक उठ बैठा। 'मैंने तो उनके बारे में कभी सोचा भी नहीं। सोमी

ने तो यही बताया था कि वह अकेले देहरा से जा रहा है। उसकी मां को तो यहीं होना चाहिए।'

'तो फिर हमें उनसे मिलने चलना चाहिए,' किशन ने कहा, 'हो सकता है कि वह हमारी मदद कर सकें।'

'चलो, अभी चलते हैं,' रस्टी बोला।

उन्होंने अपने कपड़े सूखने का इंतज़ार किया, और फिर उन्होंने कपड़े पहने और जंगल की उसी पगडंडी पर वापस चल पड़े। जब रस्टी और किशन सोमी के घर पहुंचे तब सूरज डूब रहा था। उसका घर स्टेशन की तरफ़ गिरजे से कोई एक मील दूर पड़ता था। वह एक पुराना पीले रंग का बंगला था, जो लीची और अमरूद के पेड़ों से ऐसा घिरा था कि नज़र ही नहीं आता था। और जब रस्टी पेड़ों के नीचे से गुज़रा तब उसे वह दिन याद आया जब सोने-सा खरा लड़का सोमी, अमरूद की डाल पर बैठकर गाना गाते-गाते रस्टी के कंधों आ गिरा था। और उसपर लदकर उसके बालों में हाथ फिरा-फिरा कर चिल्ला रहा था- 'चल मेरे घोड़े... मेरे सबसे अच्छे पसंदीदा दोस्त!'

बरामदे की सीढ़ियां चढ़ते हुए उसे सोमी की लुभावनी हंसी याद आ रही थी। सोमी की मां रसोई में काम कर रही थीं, जबकि उसकी गुड़िया जैसी नन्हीं बहन फ़र्श पर घुटनों के बल रेंग रही थी। रस्टी ने बच्ची को उठा लिया और उसे सिर से भी ऊपर हवा में उछाला, तो नन्हीं सी बच्ची खिलखिला कर हंस पड़ी। सफ़ेद साड़ी पहने मुस्कराती हुई सोमी की मां आयीं तो उन्होंने उसके गाल थपथपाये। और खुशी से चहकते हुए बोली- 'मास्टर रस्टी! ...और किशन भैया! इतने हफ़्तों से तुम लोग कहां थे?'

'सफ़र पर थे,' रस्टी ने जवाब दिया, 'दुनिया की सैर पर निकले थे।'

'पैदल,' किशन ने अपनी तरफ़ से जोड़ा।

वह बरामदे में पड़ी बेंत की कुर्सियों पर बैठ गये, और रस्टी ने सोमी की मां को अपनी यात्रा के बारे में बहुत सारी बातें बतायीं, लेकिन जान-बूझ कर ये नहीं बताया कि उनके पास न काम था और न पैसे। लेकिन वह उनके मन की बात भांप गयी थीं।

'तुम्हें कमरे को लेकर कोई दिक्कत तो नहीं है?' उन्होंने पूछा।

'हमने वह कमरा छोड़ दिया,' रस्टी बोला। 'अब हम उससे बड़ी जगह में रह रहे हैं।'

'हां, उससे काफ़ी बड़ी,' किशन ने जोड़ा।

'और उस किताब का क्या हुआ जो तुम लिख रहे थे- क्या वह छप गयी?'

'नहीं, अभी तो मैं लिख ही रहा हूं,' रस्टी ने बताया।

'कितनी लिखी जा चुकी है?'

'अरे, अभी तक बहुत ज़्यादा नहीं हुई है। इन सब चीज़ों में बड़ा वक़्त लगता है।'

'और किताब है किस चीज़ के बारे में?'

'उसमें तो... मुझे लगता है, सभी कुछ है,' रस्टी बोला, लेकिन सच्चाई यह थी कि उसका उपन्यास दूसरे अध्याय से आगे नहीं बढ़ा था, इस झिझक के चलते वह अपने-आपको अपराधी महसूस कर रहा था इसलिए बात पलट दी। 'मैं जल्दी ही फिर से ट्यूशन पढ़ाना शुरू कर रहा हूं। अगर आप ऐसे लोगों को जानती हों जो चाहते हों कि उनके बच्चे अंग्रेज़ी सीखें, तो मेहरबानी करके उन्हें मेरे पास भेज दीजिएगा।'

'अगर मैं वैसा नहीं करूंगी जैसा तुम चाहते हो तो सोमी मुझे माफ़ नहीं करेगा। लेकिन तुम लोग यहीं क्यों नहीं रहते? यहां काफ़ी जगह है।'

'वैसे, हम जिस जगह हैं, वहां काफ़ी आराम से रह रहे हैं,' रस्टी बोला।

'अरे हां, बड़े आराम से रह रहे हैं,' किशन ने रस्टी को घूरते हुए कहा।

सोमी की मां ने उन्हें रात के खाने के लिए रोक लिया, और उन्हें भी इसके लिए मनाना नहीं पड़ा, क्योंकि रसोई से लज़ीज़ पंजाबी खाने की खुशबू उन तक आ रही थी।

वह लोग सारी ज़िंदगी चर्च और रेलवे स्टेशन के वेटिंग रूम में सोने को तैयार थे, बशर्ते खाने के लिए हमेशा अच्छा, कुछ बढ़िया मांस-मछली होना चाहिए, क्योंकि उन्हें ज़्यादातर सब्ज़ियां पसंद नहीं थीं....

सोमी की मां ने तंदूरी रोटी, भैंस का मक्खन, पालक डालकर पकाया गया मांस, पनीर के साथ पकाई सब्ज़ियां, शलजम का और नींबू का खट्टा अचार और एक जग भर कर छाछ उन्हें खाने को दिया।

उन्होंने खूब जमकर खाने का मज़ा लिया, और सोमी की मां उन्हें खाते देखकर खुश होती रहीं। यह एक अच्छा खाना पकाने वाली और एक मां की संतुष्टि थी।

जब उन्होंने खाना खा लिया तो सोमी की मां ने पूछा- 'तुम्हें पैसे की ज़रूरत तो नहीं है?'

'अरे नहीं,' रस्टी ने कहा, 'पैसे तो हमारे पास बहुत हैं।'

किशन ने मेज़ के नीचे से ही उसे लात मारी।

'फ़िलहाल, हफ़्ते भर के लिए तो काफ़ी हैं,' रस्टी ने बताया।

खाने के बाद उसने सोमी का अमृतसर वाला पता लिया, यह सोचकर, कि अगले ही दिन वह उसे ख़त लिखेगा। उसने लिखने वाला कागज़ और पेंसिल जेब में ठूंस लीं। जब वह जाने लगे, तो सोमी की मां ने दस रुपये का नोट रस्टी के हाथों में थमा दिया, तो वह शरमा गया; क्योंकि पैसे के लिए मना नहीं कर पाया।

सड़क पर पहुंचने के बाद उसने कहा- 'भैया, हम पैसे मांगने तो नहीं आये थे।'

'लेकिन तुम इन्हें कुछ दिनों में वापस कर सकते हो। अगर आप मदद के लिए उनके पास नहीं जा सकते, तो दोस्तों के होने का क्या फायदा?'

'मैं तो किसी से तब मांगूं जब अपने पास कुछ न बचे?'

'जब तक सब कुछ ख़त्म नहीं हो जाता, तब तक मैं किसी को परेशान नहीं करना चाहता।'

वह वापस चर्च की ओर चल पड़े, और रास्ते में दो बड़ी-बड़ी मोमबत्तियां ख़रीदीं। चर्च के गेट पर पहुंचने के बाद रस्टी ने एक मोमबत्ती जलायी, और उसे लेकर न इस्तेमाल होने वाले अंधेरे रास्ते पर आगे-आगे चल पड़ा।

नई मुलाक़ातें

'मुझे तो बड़ा डर लग रहा है,' रस्टी से सटकर चलते हुए किशन बोला। 'यहां इतना सन्नाटा है कि मुझे तो लगता है कि हमें वापस सोमी के घर जाकर रहना चाहिए। चर्च में सोने में कुछ तो गड़बड़ है ही।'

'लेकिन यह पेड़ पर सोने से तो अच्छा ही है।' जब वह अंदर पहुंच गये, तो रस्टी ने जलती हुई मोमबत्ती ऑल्टर की सीढ़ियों पर लगा दी।

छत में लगी लकड़ी की कड़ियों में से एक चमगादड़ निकल कर उनके बहुत पास से गुज़रा और किशन पीठ वाली बैंच के नीचे दुबक गया। 'मैं तो मैदान में सोना ज़्यादा पसंद करूंगा।' वह बोला।

'यहीं बेहतर है,' रस्टी बोला। वह चर्च की कपड़ों वाली कोठरी की तरफ़ गया और कैसक यानी पादरियों के पहनने के जैकिट का एक बंडल लेकर लौटा, जिसे उसने वहीं फ़र्श पर पटक दिया। मोमबत्ती के नज़दीक बैठकर उसने जेब से काग़ज़ और पेंसिल निकाली, और बोला- 'अब मैं कुछ लिखूंगा।'

किशन एक बेंच पर बैठ गया और अपने जूते उतारे, फिर अपने पैरों को रगड़ने लगा, और पैरों की उंगलियों से खेलने लगा। जब चमगादड़ों के बार-बार पास से गुज़रने की उसे आदत पड़ गयी, वह उठा और कपड़े उतारे। सिर्फ़ जांघिया और बनियान में उसकी हड्डियां और कद साफ़ नज़र आ रहा था। वह कैसक के ढेर पर बैठ गया। कोहनियों को घुटनों पर और ठोड़ी को हथेलियों पर टिकाकर रस्टी को लिखते हुए देख रहा था।

उसे मालूम था कि जब रस्टी लिख या पढ़ रहा हो, खासतौर से जब वह पढ़ रहा हो, तब उसके साथ छेड़छाड़ करना ठीक नहीं होता। एक बार रस्टी किसी किताब में डूब जाए, तो जब तक कि कोई बहुत बड़ी बात न हो जाए, तब तक

वह किताब छोड़ता नहीं था। जब से उसने पढ़ना सीखा था, तब से वह किताबी कीड़ा था, लेकिन किताबों से उसका रिश्ता तब पक्का हुआ जब वह बारह साल का था।

जिस उम्र में बच्चा बहुत छोटा भी नहीं होता, लेकिन उसपर किसी चीज़ की पक्की छाप छूट जाती है, ऐसी कच्ची उम्र में उसके अभिभावक और उनके दोस्त उसे अपने साथ देहरा के क़रीब तराई के जंगलों में शिकार पर ले गये। बंदूक लटकाये घमंडी किस्म के बड़ों के साथ जंगल में पूरा एक हफ़्ता तंबुओं में बिताने की बात से ही रस्टी को चिढ़-सी हो रही थी। उसे मालूम था कि जो किसी बाघ को मारने या किसी जंगली हाथी को ढेर करने की बातों में ही खोये रहते थे, ऐसे पेशेवर लगने वाले लंबे कद के शिकारियों के पीछे घंटों चलते-चलते टांगें थक जाएंगी। जबकि वास्तव में, अगर उनकी किस्मत अच्छी हो, तो भी उनके हाथ क्या लगता था, खरहा या तीतर। ऐसा लगता है कि बाघ और उनसे जुड़े रोंगटे खड़े करने वाले वाकये सिर्फ़ जिम कॉर्बेट की किस्मत में थे। रस्टी कई बार ऐसे शिकार पर गया, और हर बार खुद ऊब का शिकार होकर लौटा।

उस बार शिकार पर जाना कुछ अलग ही था, लेकिन इसलिए नहीं कि शिकारियों को शिकार में ज़्यादा कामयाबी मिली। पूरे हफ़्ते भर में उन्होंने दो दुबले-पतले जंगली मुर्गे मारे, लेकिन दूसरे ही दिन रस्टी ने तय किया कि जब सब शिकार पर जाएंगे तब वह जंगलात के रेस्ट हाउस में रुकेगा। उस पुराने बंगले के एक कोने में उसे किताबों की एक अलमारी मिली, जिसपर सबकी नज़र नहीं पड़ती थी।

ये किताबें वहां कौन छोड़ गया होगा? कोई पढ़ने-लिखने का शौकीन जंगलात का अफ़सर? शाम को आग तापते हुए लंबी डींगें हांकने वाले अपने पति से परेशान या ऊबी कोई मेमसाहब? या फिर कोई ऐसा शख़्स जिसे जंगली जानवरों की जान लेने की बात तकलीफ़ देती थी, इसलिये ऊब से बचने के लिए वह अपनी किताबें साथ ले आया? लेकिन वह इन किताबों को यहां छोड़ क्यों गया? शायद अपनी जैसी फ़ितरत वालों की ख़ातिर। यह भी हो सकता है कि वह बेचारा एक दिन अपने खून के प्यासे दोस्तों का मन रखने के लिए जंगल में गया होगा, और उसे किसी हाथी ने रौंद दिया होगा, या फिर जंगली सुअर ने अपने दांतों से उसे फाड़ डाला होगा, या फिर अपने ही किसी साथी की ग़लती से चली गोली से उसकी

जान चली गयी होगी। ग़म में डूबे उसके दोस्त उसकी लाश तो अपने साथ ले गये होंगे, और किताबें यहीं छोड़ गये होंगे।

जो भी हो, उस अलमारी में यही कोई तीस किताबें रही होंगी। ज़्यादातर किताबों का वास्ता हर किसी को मतलब की चीज़ों से था, और रस्टी ने डिकेंस, वुडहाउस, एम आर जेम्स, जॉर्ज ईलियट, मॉम और बैरी को उस दौरान चट कर डाला, जब बड़े जानवरों के शिकारी भुने हुए सुअर या हिरन के गोश्त के बजाय अपने साथ लाये डिब्बाबंद मांस से भूख मिटाते थे।

बहुत सुबह एक चुहिया आकर किशन के पंजों पर दांत मारने लगी, तो वह चीखकर उठ बैठा और रस्टी को डरा दिया। किशन ने हड़बड़ाकर कहा- 'मुझे चुहिया ने काट लिया है!' रस्टी कैसक में से निकला, तो किशन ने फिर कहा- 'मुझे गिरजे की चुहिया ने काट लिया है।'

'गनीमत है कैथेड्रल के चूहे ने नहीं काटा!' रस्टी बोला, 'एक चुहिया सारी रात मेरे ऊपर भी रेंगती रही।' उसने कैसक को हिलाया तो एक चुहिया कपड़ों में से निकलकर भागी।

किशन ने हाथ बढ़ाकर रस्टी का कंधा छुआ। अपने दोस्त के बदन की गर्मी से उसे तसल्ली मिली। वह करीब खिसक आया और रस्टी पर अपनी बांह रखकर फिर सो गया। सूरज निकलने से पहले वह उठ गये, और सीधे तालाब पर गये। उस सुबह कुछ ज़्यादा ठंडक थी। पहाड़ों के बर्फ़ीले ठंडे पानी में उतरते ही उनकी चीखें निकल गयीं, और वह मुंह से सांस लेने लगे। रस्टी के हाथ-पैर धूप में झुलसकर काले पड़ चुके थे, जबकि उसका बाकी शरीर पानी की मार से गुलाबी पड़ गया था। किशन के हाथ-पैर कुछ ज़्यादा लंबे लगते थे। वह ज़ोर-ज़ोर से पानी में हाथ छपछपाने लगा, लेकिन उससे तैरा नहीं जा रहा था। दोनों ने एक चट्टान से पानी में छलांग लगाने की कोशिश की, लेकिन हर बार पेट के बल पानी पर गिरे।

सूरज की किरणें जब साल के पेड़ों में से छन-छन कर ओस की बूंदों को पन्ने में बदलने लगीं और तालाब की तलहटी की रेत को छूकर सुनहरा बनाने लगीं, तब तक वह पानी में तैरते रहे। रस्टी ने महसूस किया कि सूरज की किरणें उसकी त्वचा को छूते हुए उसके खून और हड्डियों तक, और उनके भी अंदर

तक पहुंच रही थीं, और इसी खुशी में उसने किशन पर छलांग लगा दी। दोनों पानी में एक-दूसरे के साथ गुत्थम-गुत्थी करने लगे। बेतरतीब पैर चलाते हुए गहरे पानी में जाते और फिर किनारे को आकर मुंह खोलकर ज़ोर से सांसें लेते और चिल्लाते। फिर वह चट्टानों पर लेट गये, और बदन सूखने तक वहीं पड़े रहे।

तालाब से निकलकर वह मैदान की तरफ़ चल पड़े। हर सुबह, मैदान के एक छोर पर ताज़ी खोदी हुई मिट्टी के अखाड़े में कुछ युवा कुश्ती लड़ते थे। उनमें से एक पहलवान का नाम हाथी था। वह हाल में जवान हुए सांड़ जैसा लगता था। उसकी छाती विशाल और जांघें खूब चौड़ी-चौड़ी थीं। उसके हल्के भूरे बालों और आंखों का उसके बाकी बदन के सांवलेपन से कोई मेल नहीं था।

हाथी को हुनर से ज़्यादा अपनी ताकत पर भरोसा था, और मुकाबले के लिए सामने आने वाले को वह ज़ोरदार हाथ मारकर ज़मीन पर पटक देता था। रस्टी की उससे मुलाक़ात तब हुई थी, जब वह सोमी और किशन के साथ वहां कुश्ती के मुकाबले देखने आया करता था। और हाथी उन्हें हमेशा मुस्कराकर कुश्ती लड़ने के लिए बुलाया करता था।

किशन और रस्टी को वह नल पर मिला था, जहां वह कुश्ती लड़ने के बाद अपने शरीर से तेल और मिट्टी छुड़ाता था। और जब वह अपने शरीर को हाथों से रगड़कर साफ़ करता तो अजीब सी पच-पच की आवाज़ें निकलतीं। जैसे ही उसने रस्टी को देखा, उसने पहचानते हुए उसे ज़ोर की आवाज़ लगाई और नल को खुला छोड़कर दौड़ता आया, और रस्टी को पूरे जोश के साथ बाहों में भर लिया, जिससे काफ़ी सारी मिट्टी, कीचड़ और पानी उसकी पहले से गंदी कमीज़ पर लग गयी।

'मेरे दोस्त! इतने हफ़्तों से तुम कहां थे? मैंने सोचा तुम मुझे भूल गये हो। और किशन भैया, तुम कैसे हो?'

और जब हाथी ने किशन को वैसे ही बाँहों में दबोचा तो किशन को बड़ी खीज मची, और वह बोला- 'अरे हाथी, मैं तो नहा-धो चुका था।'

लेकिन हाथी कमीज़ और पायजामा पहनते हुए भी लगातार बोले जा रहा था- 'तुम वक़्त पर आ गये तो मैं मिल गया, क्योंकि मैं एक-दो दिन में मैं जा रहा हूं।'

'कहां जा रहे हो?' रस्टी ने पूछा।

'पहाड़ों पर... अपने गांव।'

'पता है, वहां हमारी ज़मीन है। मैं वापस जा रहा हूं, उसकी देखभाल करने के लिए। चलो! मेरे साथ चाय पीयो। मैं तो तुम दोनों को पहलवान बनाना चाहता था। लेकिन तुम लोग ग़ायब ही हो गये, और अब बहुत देर हो चुकी है।'

हाथी उन्हें घंटाघर के पास चाय की दुकान पर ले गया, जहां उसने उन्हें शहद और फ़िंटे हुए अंडे मिले दूध का एक-एक गिलास पिलवाया। नहाने से उनमें ताज़गी आ गयी थी, और वह काफ़ी चुस्त-दुरुस्त महसूस कर रहे थे।

'तुम अपने गांव कैसे जाते हो ?' रस्टी ने पूछा, 'क्या वहां तक मोटर गाड़ियों के लायक सड़क है ?'

'नहीं। सड़क तो बस लैंसडाउन तक है। वहां से हमें करीब तीस मील पैदल चलकर जाना पड़ता है। रास्ते में बिलकुल खड़ी चढ़ाई है, और हमें दो पहाड़ों को पार करना पड़ता है। लेकिन अगर सुबह जल्दी निकल पड़ें तो रास्ता एक दिन में तय किया जा सकता है। तुम लोग मेरे साथ क्यों नहीं चलते ?' उसने अचानक पूछा।

'वहां तुम बहुत सारी कहानियां लिख सकोगे। और तुम वही तो करना चाहते हो, है न ? वहां न शोर-शराबा होगा और न किसी बात की फ़िक्र।'

'अभी तो मैं नहीं चल सकता,' रस्टी बोला, 'शायद बाद में कभी चल सकूं, लेकिन फ़िलहाल नहीं।'

'तुम भी आना, किशन,' हाथी ने ज़ोर दिया।

'क्यों नहीं ?'

'किशन पहाड़ों से ऊब जाएगा,' रस्टी ने कहा।

'तुम यह कैसे कह सकते हो ?' किशन ने नाराज़गी से कहा।

'अच्छा, अगर तुम लोग बाद में आना चाहते हो, तो सिर्फ़ तुम्हें लैंसडाउन के लिए बस पकड़नी पड़ेगी, और वहां से उत्तर-पूर्व की तरफ़ जाने वाली सड़क पकड़कर मंजरी गांव पहुंचना होगा। तुम जब चाहो आ सकते हो। मैं अकेले ही रहता हूं।'

'अगर हम आये...,' रस्टी बोला, '...तो वहां हमें तुम्हारे किसी काम ज़रूर आना चाहिए।'

'मैं तुम लोगों को किसान बना दूंगा!' हाथी ने ताल ठोकते हुए कहा।

'किशन कुछ ज़्यादा ही आलसी है,' रस्टी ने कहा।

'और रस्टी कुछ ज़्यादा ही लापरवाह,' किशन बोला।

'अच्छा, हो सकता है हम आयें,' रस्टी बोला, 'लेकिन पहले मुझे देखना होगा कि यहीं कुछ काम मिल जाए। मैं आज ही एक स्कूल में दोबारा जाऊंगा। और, इस बीच तुम क्या करोगे, किशन ?'

किशन ने कहा- 'मैं बाज़ार में तुम्हारा इंतज़ार करूंगा।'

'तुम मेरे साथ रहना,' हाथी ने सुझाया। 'मेरे पास लोगों से पैसे वसूलने के सिवा और कोई काम नहीं है। अगर मैं अभी नहीं वसूलूंगा तो ये पैसे फिर कभी नहीं वसूल पाऊंगा।'

जब हाथी सिंधी मिष्ठान्न भंडार में किसी से लेन-देन के बारे में बहस कर रहा था, तब किशन अकेले ही दुकानों के सामने घूमने लगा। जब वह एक कपड़े की दुकान के आगे था, तब उसकी नज़र अपने पुराने जानने वालों में से एक मिसेज़ भूषण पर पड़ी, जो कि अपनी झगड़ालू और चालाक बेटी अरुणा के साथ वहां घूम रही थीं। अरुणा कभी किशन के साथ खेला करती थी। वह दोनों दुकान के अंदर थे, और दुकानदार के साथ एक साड़ी को लेकर मोलभाव कर रहे थे। मिसेज़ भूषण की एक दुकान से दूसरी दुकान पर जाने की आदत थी, बिलकुल वैसे जैसे मधुमक्खियां फूलों का रस चखने के लिए एक फूल से दूसरे फूल पर जाती हैं। वह कपड़ा देखने के लिए थान के थान खुलवा लिया करती थीं, लेकिन शायद ही कभी उसमें से कुछ ख़रीदती थीं। अरुणा दुबली-पतली और सांवली-सी लड़की थी, जिसकी आंखें हरी थीं, और चेहरे पर नटखट मुस्कान रहती थी। वह उतनी मासूम नहीं थी, जितनी नज़र आती थी।

किशन उससे बात करना चाहता था, लेकिन मिसेज़ भूषण से बात करने से कतरा रहा था क्योंकि उनसे बात करने से वह उलझन में पड़ सकता था। इसलिए उसने दुकान की तरफ़ पीठ की, और हाथी को ढूंढ़ने लगा। वह वहां से चलने ही वाला था, कि उसके कंधे पर एक भारी-सा हाथ आया और जैसे ही वह घूमा, उसने देखा कि मिसेज़ भूषण की भद्दी सी आंखें उसपर टिकी थीं। मिसेज़ भूषण करीब पैंतीस साल की लंबी-चौड़ी महिला थीं, और ऐसे रोब से चलती थी कि लोग तो लोग, सांड़ भी उनके रास्ते से हट जाते थे। उनके कुत्ते, उनके पति और उनके नौकर, सभी उनसे डरते थे, और बिना चूं-चपड़ किये जैसा वह चाहती थी, वैसे करते थे। वह पूरी मर्दानी औरत थीं, जो मर्दों और बच्चों

को खूब सताया करती थीं, और अपना सारा प्यार कुत्तों पर उड़ेलती थीं। उनके कॉकर स्पैनियल उनके साथ उनके बिस्तर पर सोते थे, और पति बैठक में!

मिसेज़ भूषण झपट्टा मारने जैसे अंदाज़ में बेचारे किशन की तरफ़ लपकीं, और बोलीं- 'किशन! तुम यहां क्या कर रहे हो?' और उसी वक़्त अरुणा ने भी उसे देख लिया। उसकी हरी आंखें चमक उठीं, और वह बोली- 'अरे किशन! तुम यहां क्या कर रहे हो? हम तो सोच रहे थे कि तुम हरिद्वार में हो!'

भारी-भरकम मिसेज़ भूषण किशन के ऊपर छा-सी गयीं, और वह अजीब उलझन में पड़ गया, क्योंकि सारी रोशनी रुक जाने से उसे ऐसा लगने लगा था जैसे सूरज को ग्रहण लगा हो।

उसे समझ में नहीं आ रहा था कि वह देहरा में होने के बारे में क्या बताये। सिर्फ़ दांत दिखाते हुए अजीब सी शक्ल बनाकर किसी तरह उसने काम चलाया।

'तुम कहां चले गये थे, बेटा?' मिसेज़ भूषण ने इस तरह ज़ोर देते हुए पूछा जैसे उनके लिए यह जानना बहुत ज़रूरी है- 'तुम्हारे कपड़े तो फट रहे हैं, और तुम हड्डियों का ढांचा बनकर रह गये हो!'

'अरे, हम काम के सिलसिले में दौरे पर गये थे,' किशन ने उन्हें बताया।

लेकिन शायद उन्हें यह बात हज़म नहीं हुई, क्योंकि उन्होंने पलटकर किशन से पूछा-

'पैदल दौरा! और अकेले?'

'नहीं, एक दोस्त के साथ....'

'तुम अभी इतने बड़े नहीं हुए हो कि खानाबदोशों की तरह डोलते फिरो। तुम क्या समझते हो, रिश्ते काहे के लिए होते हैं? चलो, अब कार में बैठ जाओ और हमारे साथ घर चलो।'

किशन ने इमली के पेड़ के नीचे खड़ी विश्वयुद्ध के पहले की हिलमैन कार पर ग़ौर नहीं किया था जो कभी अंग्रेज़ मजिस्ट्रेट के पास थी, और उसने हिंदुस्तान के आज़ाद होने पर यहां से जाते समय उसे सस्ते में बेच दिया था। लेकिन अपने गुस्से के दम पर मिसेज़ भूषण ने पूरी कोशिश की कि गाड़ी की उम्र छोटी हो जाए। इसके बावजूद गाड़ी उन्नीस सौ पचास के दशक तक दौड़ती रही।

'और मेरा दोस्त?' किशन ने उदासी जताते हुए पूछा।

'तुम उससे बाद में मिल लेना। क्या ऐसा नहीं कर सकते? चलो अरुणा, अंदर आओ, इस पैदल दौरे वाले धंधे में दाल में कुछ काला नज़र आता है। और

मैं इसका तह तक पता लगाऊंगी!' उसने गाड़ी के ऐक्सेलरेटर को इतनी जोर से दबाया कि सड़क पर रेंगती-सी चाल से चल रहे भिखारी के दोनों पैर अचानक काम करने लगे और वह बहुत फ़ुर्ती से सड़क के फुटपाथ पर चढ़ गया।

जब सब मिसेज़ भूषण के शानदार सफ़ेद बंगले पर पहुंचे, तो किशन को एक आरामकुर्सी पर बैठाया गया, और मिसेज़ भूषण ने उससे अपने अंदाज़ में कड़ी पूछताछ की, जिसमें एक ही चीज़ जतायी गयी कि किशन जिस तरह की ज़िंदग़ी जी रहा है उसमें ख़ामियां ही खामियां हैं। कॉकर स्पैनियल तक उसका फटेहाल हुलिया देखकर उसके पैरों पर झपट पड़ा, उन पैरों पर जो छाले, मच्छरों के डंक और चुहिया के दांत झेलने की तकलीफों से पहले ही गुज़र चुके थे।

जल्दी ही किशन ने उन्हें रस्टी के साथ हरिद्वार से शुरू हुए अपने लंबे सफ़र की सारी कहानी सुना डाली। अरुणा ने कहानी का एक-एक शब्द बड़े ध्यान से सुना और दोनों लड़कों को खूब सराहती रही। लेकिन मिसेज़ भूषण हरेक बात में कमी निकालती रहीं और ज़ोरदार शब्दों में दर्ज करती रहीं।

'चलो भई, बहुत हो चुकी तुम्हारी घुमक्कड़ी, अब तुम यहीं इसी घर में रहोगे। अब मैं तुम्हें इस तरह देश-भर में लोफ़र लड़कों के साथ और नहीं घूमने दे सकती।' वह बोलीं।

मिसेज़ भूषण की बढ़ा-चढ़ा कर बातें करने की आदत थी, उन्होंने अपने मन में रस्टी की ऐसी छवि बना ली थी जैसे वह कोई एक व्यक्ति न होकर आवारा घुमक्कड़ों का पूरा गैंग हो।

'तुम बताओ, तुम किसके साथ रहना ज़्यादा पसंद करोगे?' उन्होंने पूछा।

'तुम अपने पिता के साथ रहोगे, या मेरे साथ?'

'आपके साथ,' उसके पास कोई और रास्ता नहीं था, यह जानकर किशन ने सोचने में ज़्यादा वक़्त गंवाए बिना फटाफट जवाब दे दिया।

'तो फिर जाओ और नहा कर आओ, जब तक मैं तुम्हारे लिए साफ़ कपड़े निकालती हूं।'

किशन गर्म पानी के फुहारे की गुनगुनाहट का आधे घंटे तक मज़ा लेता रहा, जब तक पूरे गुसलखाने में भाप नहीं भर गयी और उसका बदन लाल नहीं हो गया। साबुन इस्तेमाल किये हुए उसे कई हफ़्ते हो चुके थे, और यहां वह सिर

से पांव तक खूब झाग बनाकर नहाया। गुसलख़ाने के आईने में उसका असर देख-देख कर खुश होता रहा। पानी की धार में साबुन के झाग उसके पैरों से होते हुए तेज़ी से नीचे को बह रहे थे, और फ़र्श से फिसलते नाली के रास्ते बगीचे में पहुंच रहे थे।

उसने रगड़कर अपना बदन पोंछा और अपने पुराने गंदे कपड़ों की तरफ़ हिकारत भरी नज़रों से देखते हुए तौलिया कमर पर लपेटा और नंगे पैर ड्रॉइंग रूम में जा पहुंचा।

मिसेज़ भूषण अपने पति के पाजामों में से ऐसा ढूंढ रही थीं जो किशन के ठीक आ जाए। अरुणा कमरे में कालीन पर कोहनी के सहारे लेटी थी। उसने किशन को अपने बराबर में खींच लिया और उसका हाथ पकड़ लिया।

'काश मैं तुम्हारे साथ होती,' अरुणा बोली।

'क्या तुम कभी चूहे के साथ सोयी हो,' किशन ने कहा, 'क्योंकि मैं बीती रात सोया था।'

'और तुम्हारा दोस्त रस्टी? मैं मम्मी से बात करूंगी कि वह उसे भी कुछ समय हमारे यहां रहने दें।'

'वह नहीं आयेगा।'

'क्यों नहीं आयेगा?'

'बस, नहीं आयेगा।'

'क्या वह इतना घमंडी है?'

'नहीं, घमंडी तो तुम हो, इसलिए वह नहीं आयेगा।'

अरुणा ने अपने चेहरे पर आए बाल झटक कर पीछे किये, और बोली–'तो फिर वह जहां चाहे वहीं रहे।'

'लेकिन मुझे तो जाकर उसे बताना पड़ेगा कि क्या हुआ। वह घंटाघर पर मेरा इंतज़ार कर रहा होगा।'

'आज नहीं,' अपने कंधे पर पाजामा डाले कमरे में आते ही मिसेज़ भूषण बोलीं। 'तुम उससे कल मिल सकते हो, जब हम कार से वहां चलेंगे। मुझे यकीन है कि वह अपना ध्यान अच्छी तरह रख सकता होगा। अगर उसके पास ज़रा-सी भी समझ होती तो जब तुम उसे मिले थे, तभी वह तुम्हें घर ले जाता। वह पक्का बदमाश होगा!'

और फिर बाकी के सारे दिन किशन मिसेज़ भूषण के आरामदेह ड्रॉइंग रूम

में कैदी की तरह रहा, जहां अरुणा ने उसका साथ दिया, और उसे चिकन करी और अच्छी तरह पके रसीले पपीते खिलाये।

जिस स्कूल में रस्टी गया था, वहां काम नहीं बना। स्कूल सूखी रिस्पाना नदी के किनारे था, और नदी के पाट के दूसरी तरफ़ सरसों के खेत और चाय के बागान थे। क्योंकि किशन से मिलने में एक घंटा बाकी था, इसलिये उसने नदी के रेतीले पाट को पार किया, और खेतों में चला गया। पगडंडी पर एक मोर उसके आगे-आगे मटक-मटक कर तेज़ी से भाग रहा था।

चाय बाग़ान के बीच से एक छोटी-सी नहर गुज़रती थी और रस्टी नहर के किनारे-किनारे चलते हुए पत्थरों के बीच बार-बार अंदर-बाहर करती भूरी सिंगी छिपकलियों को गिनता रहा।

उसने एक झाड़ी से चाय की एक पत्ती तोड़ी और उसे अपनी नाक के पास लाया तो पाया कि उसमें से अच्छी ख़ुशबू आ रही है। जब वह करीब एक मील तक चल चुका, तो एक ऐसी जगह पहुंचा जहां घने पेड़ नहीं थे। उस खुली सी जगह केले और लालपत्ता के पेड़ों से घिरा एक घर था। लालपत्ते के पेड़ के पत्ते ऐसे लटक रहे थे, जैसे आग की लपलपाती जीभें। घर के आगे का हिस्सा बोगनविलिया और दूसरी बेलों से ढका था।

बरामदे में पड़ी बेंत की कुर्सी पर एक अंग्रेज़ बैठा था। कम से कम रस्टी को तो यही लगा कि जिस शख़्स को उसने वहां बैठे देखा था, वह अंग्रेज़ ही था। हो सकता है वह जर्मन, या अमरीकी या फिर रूसी हो, लेकिन रस्टी जिन यूरोपीय लोगों को जानता था, वह सारे अंग्रेज़ यानी इंग्लैंड के थे। और उसने उसी पल यह मान लिया कि कुर्सी में जो सफ़ेद बालों वाले साहब बैठे हैं, वह अंग्रेज़ ही हैं, और उसका अंदाज़ा सही भी निकला।

वह साहब बुज़ुर्ग थे, जिनका चेहरा लाल था, और उन्होंने ट्वीड का कोट, फलालेन की नीकर और मोटे और लंबे ऊनी मोज़े पहन रखे थे। सोला टोपी चलन से बाहर हो चुकी थीं, वरना वह भी उन्होंने ज़रूर पहन रखी होती। दांतों के बीच उन्होंने बिना सुलगाया हुआ पाइप दबा रखा था, और उनके घुटनों पर टाइम्स मैगज़ीन का साहित्यिक परिशिष्ट रखा था।

रस्टी को किसी अंग्रेज़ को देखे हुए एक साल से ज़्यादा हो चुका था।

आख़िरी अंग्रेज़ जिसे उसने देखा था, वह थे उसके अभिभावक, जिनसे वह नफ़रत करता था। रस्टी ने महसूस किया कि वह बुज़ुर्ग उसे घूर कर देख रहे हैं। लेकिन कुर्सी पर बैठे बुज़ुर्ग को देखकर उसे न जाने क्यों ऐसा लग रहा था कि वह डींगें भले ही हांकते हों, लेकिन व्यवहार के अच्छे होंगे।

रस्टी होशियारी से बरामदे की सीढ़ियों पर चढ़ा, और फिर वहीं खड़े होकर बुज़ुर्गवार की नज़रें अख़बार से हटने का इंतज़ार करने लगा।

उन्होंने अपने चेहरे के आगे से अख़बार तो हटाया नहीं, लेकिन अचानक बोल पड़े- 'हां, आ जाओ, बेटा। कुर्सी खींच लो और बैठ जाओ।'

'मेरी वजह से आपको कोई दिक्कत तो नहीं... ?' रस्टी ने पूछा।

'है तो, लेकिन कोई बात नहीं। ख़ुद को इतना भी मत गिराओ।' बुज़ुर्ग ने अपनी धुंधली स्लेटी आंखें उठाकर रस्टी की तरफ़ देखा, तो उसकी आंखों में थोड़ी सी नरमी आ गयी, लेकिन होंठों पर मुस्कराहट नहीं आयी। वैसे भी, मुस्कराने के लिए होंठों से पाइप को हटाना पड़ता, और इतनी ज़हमत क्यों उठायी जाये ?

रस्टी ने एक कुर्सी खींची और बस किसी तरह उसपर बैठ कर अंगूठों से खेलता रहा। बुज़ुर्ग ने उसे ऊपर से नीचे तक देखा, और कहा- 'कुछ पी लो। मुझे लगता है कि तुम इतने बड़े तो हो चुके होगे।' और मेज़ के नीचे से एक और गिलास निकालकर उसमें दो उंगल सोलन व्हिस्की रस्टी के लिए डाली, जबकि अपने गिलास में तीन उंगल। फिर मेज़ के नीचे से सोडा वॉटर की बोतल और बॉटल-ओपनर निकाले। सोडा वॉटर की बोतल के ढक्कन ज़ोरदार आवाज़ के साथ हवा में उछले और गिलासों में बुलबुलेदार सुनहरा पेय ऊपर तक उठ आया।

'चीयर्स', बुज़ुर्गवार बोले, और गिलास को होंठों से लगाकर काफ़ी सारा सुनहरा पेय गटक गये, फिर बोले- 'पैटीग्रू नाम है मेरा। लेकिन उधर बंगलौर में लोग मुझे पैटी कहकर पुकारते थे।'

'आपसे मिलकर बहुत ख़ुशी हुई, मिस्टर पैटिग्रू,' रस्टी ने धीमे से कहा, और पूछा- 'यह घर आपका ही है।'

'हां, घर मेरा ही है,' वह बोले, और होंठों के बीच दबा पाइप निकालकर मेज़ पर रख दिया। 'बस, यही बचा है मेरे पास। ये घर और मेरी लायब्रेरी। ये बाग़ान भी कभी मेरे हुआ करते थे, लेकिन अब इनमें बस मेरा हिस्सा है। वैसे भी यहां की चाय निचले दर्जे की है। सिर्फ़ दूसरी चाय में मिलाने के काम आती है।'

'आपकी देखभाल करने के लिए कोई नहीं है?' खाली-खाली घर देखकर रस्टी ने पूछा।

'मेरी देखभाल!' पैटिग्रू साहब ने थोड़ी-सी हैरत और थोड़ी सी नाराज़गी के साथ पूछा।'काहे के लिए? क्या तुम्हें लगता है कि मैं कोई अपाहिज हूं? सत्तर साल का हो गया हूं, बेटा, और जैसी तुम साइकिल चलाते हो, उससे बेहतर घुड़सवारी कर सकता हूं!'

'ज़रूर कर लेते होंगे,' रस्टी ने तपाक से कहा।'और आप तो साठ साल से एक भी साल ज़्यादा के नहीं लगते। लेकिन मुझे लगता है आपने नौकर तो रखा होगा।'

'लगता तो मुझे भी ऐसा ही है कि नौकर है, लेकिन कम्बख़्त न जाने कहां चला जाता है। शायद किसी निकम्मी औरत के पीछे लगा होगा।' फिर ऐसा लगा जैसे वह किसी बीती बात को याद करने लगे।'मुझे याद है, कभी मैं भी यही किया करता था। कुल्लू घाटी की बात है। कुल्लू दो चीज़ों के लिए मशहूर हुआ करता था- सेब और सुंदर औरतें!' यह कहकर वह हंस पड़े, और उनका चेहरा लाल पड़ गया। रस्टी को लगा कि कहीं उनकी उभरी हुई नीली नसें फट न जाएं।

'आपने कभी किसी से शादी भी की?' रस्टी ने पूछा।

'शादी!' पैटिग्रू साहब चौंक पड़े।'तुम्हारा सिर तो नहीं फिर गया है मेरे दोस्त? तुम्हें क्या लगता है कि मेरे जैसा आदमी शादी क्यों करने लगा? शादी तो सिर्फ़ कमज़ोर और बीमार लोग करते हैं, ताकि बुढ़ापे में उनकी देखभाल करने के लिए कोई उनके पास हो। किसी आदमी का ज़िंदगी में सिर्फ़ एक औरत से मन नहीं भर सकता।'

'तुम हैरिसन के लड़के हो, है न?' उन्होंने अचानक पूछ लिया।

'वह मेरे अभिभावक थे... मैं उनके घर बड़ा हुआ हूं,' रस्टी ने जवाब दिया, फिर पूछा- 'लेकिन आपको कैसे पता?'

'छोड़ो, मुझे पता है। तुम साल भर पहले घर से भागे थे। है न? देखो, मैं इसके लिए तुम्हें ग़लत नहीं ठहराता। मैं भी कभी हैरिसन को झेल नहीं पाया। कंजूस कहीं का! चाहे ख़र्च के लिए कमी न हो, लेकिन कभी किसी को पिलाने पर ख़र्च नहीं किया। और दूसरों की पीता रहा। तुम उसके पास से भागे, इसमें तुम्हारा कोई कुसूर नहीं है। लेकिन आख़िर तुम्हें ऐसा क्यों करना पड़ा?'

'वह घटिया आदमी थे और मुझे पीटते थे, और हिंदुस्तानियों से दोस्ती नहीं करने देते थे। मैं पक चुका था। मैं अपनी ज़िंदगी जीना चाहता था।'

'ज़ाहिर है, तुम पूरे मर्द हो चुके हो। तुम्हारे पिता भी बढ़िया आदमी थे।'

'क्या आप उन्हें जानते थे?'

'बिलकुल जानता था। कुछ वक़्त के लिए वह मेरे चाय बाग़ान के मैनेजर भी रहे। मैं तो तुमसे पहले ही मिलना चाहता था, लेकिन हैरिसन ने कभी मौका ही नहीं दिया।'

'ये तो बस मौके की बात है कि मेरा इधर की तरफ़ आना हो गया।'

'ठीक कह रहे हो, ऐसे ही मौके से तो सब कुछ होता है।'

'मुझे मेरे पिता के बारे में कुछ बताइये,' रस्टी ने कहा, 'मैं बहुत ही छोटा था जब वह चल बसे थे, इसलिए मुझे तो उनकी ज़्यादा बातें याद नहीं हैं।'

'देखो, मेरा उनसे अच्छा दोस्ताना था, और हम अकसर मिला करते थे। उन्हें परिंदों और कीड़ों और जंगली फूलों में दिलचस्पी थी... दरअसल, कुदरत से वास्ता रखने वाली सभी चीज़ों में। हम दोनों ही पढ़ने और किताबें इकट्ठी करने के शौकीन थे, और शायद इसी वजह से हम एक-दूसरे के नज़दीक आये। लेकिन जो बात मैं तुम्हें बताना चाहता हूं, वह यह है कि जब उनकी मौत हुई, वह गढ़वाल के पहाड़ों में एक गांव के पास तुम्हारी एक चाची के साथ रह रहे थे। हो सकता है मेरा अंदाज़ा ग़लत हो, लेकिन मुझे लगता है कि अगर वह क़ीमती चीज़ छोड़ गये होंगे, जो वह चाहते हों कि तुम्हें मिले, तो ऐसी चीज़ उन्हीं चाची के पास छोड़ी होगी। उन्हें उसपर बड़ा भरोसा था, उन्हें उसपर कानूनी तौर पर तुम्हारे अभिभावक रहे हैरिसन से कहीं ज़्यादा भरोसा था।'

'उनका नाम क्या था?'

'वो मुझे याद नहीं है। मैंने खुद तो उसे कभी देखा भी नहीं। लेकिन मुझे इतना पता है कि वह पहाड़ों में रहती थी, जहां उसकी कुछ अपनी ज़मीन भी थी।'

'क्या आपको लगता है कि मुझे उन्हें ढूंढ़ना चाहिए?' रस्टी ने पूछा। उसे अपनी बढ़ती दिलचस्पी पर खुद हैरत थी।

'इसमें हर्ज ही क्या है, कुछ भला ही होगा,' पैटिग्रू बोले। 'वह अब कोई चालीस साल की होगी। जहां तक मुझे याद आता है, वह लैंसडाउन से करीब चालीस मील दूर एक नदी के किनारे छोटे-से घर में रहती थी। लैंसडाउन से तुम्हें ज़्यादातर रास्ता पैदल ही तय करना होगा।'

'मेरी चलने की आदत है। मेरा एक गढ़वाली दोस्त है, शायद वह मेरी मदद

कर सके।' रस्टी हाथी के बारे में सोच रहा था। वह चलने के लिए उठा, क्योंकि इस नयी बात के बारे में किशन और हाथी को बताना चाहता था।

'इतनी जल्दबाज़ी मत करो,' पैटिग्रू साहब बोले, 'तुम्हारे पास पैसे तो हैं न?'

'हैं कुछ।'

'चलो, अगर तुम्हें किसी मदद की ज़रूरत पड़े तो याद रखना कि मैं यहां हूं। मैं तुम्हारे पिता का दोस्त रहा हूं, समझे!'

'शुक्रिया, मिस्टर पैटिग्रू। जाने से पहले मैं आपसे एक बार फिर ज़रूर मिलूंगा।'

जब रस्टी चला गया, तब मिस्टर पैटिग्रू ने अपने पाइप को फिर से भरा, लेकिन सुलगाया नहीं। बिलकुल तसल्ली से बैठकर अख़बार के पन्ने पलटते रहे, और जब उनका नौकर हड़बड़ाया हुआ घर आया तो उसे देर लगाने के लिए डांटना भी भूल गये। वह रस्टी के बारे में सोच रहे थे, और सोच रहे थे कि कितना मज़ेदार होता है जवान होना, और इस बात पर अफ़सोस करते रहे कि अब वह इतने बूढ़े हो चुके हैं कि अपने बिछुड़े साथियों को ढूंढ़ने पहाड़ों पर पैदल नहीं जा सकते।

'जाने दो!' अपनी खीज मिटाने के लिए बोले, और सोडा वॉटर की बोतल झाड़ियों की तरफ़ उछाल दी।

सफ़र की संभावना

रस्टी करीब एक घंटा इंतज़ार करता रहा घंटाघर पर। इंतज़ार करते-करते एक बज गया और उसका सब्र जवाब देने लगा। इसलिए नहीं कि उसे किशन की फ़िक्र थी, बल्कि वह उसे मिस्टर पैटिग्रू और पहाड़ वाली चाची के बारे में बताना चाहता था। उसने सोचा कि किशन बाज़ार में कहीं आवारागर्दी कर रहा होगा, या सिंधी मिष्ठान्न भंडार पर पैसे उड़ा रहा होगा। इसकी भी उसे परवाह नहीं थी, क्योंकि उसने ज़्यादातर पैसे अपने पास रखे हुए थे, लेकिन कौन जाने किशन किस बेवकूफ़ी भरे काम में हाथ डाल बैठे।

रस्टी घंटाघर की दीवार के सहारे खड़ा हो गया और फेरी वालों को अपनी-अपनी धुन में अपना सामान बेचने के लिए भरी दोपहरी में आवाज़ें लगाते हुए सड़क पर लापरवाही से इधर-उधर घूमते देखता रहा। खिलौने बेचने वाला स्कूलों की छुट्टी होने का इंतज़ार कर रहा था, ताकि बच्चे स्कूलों से छूटकर सड़कों पर आयें। पपीते, संतरे, केले और क़श्मीरी सेबों से भरा टोकरा लिए फल वाला फलों पर लगातार पानी छिड़क रहा था, ताकि वह ताज़े दिखायी देते रहें। इमली के पेड़ के नीचे बैठा मोची ऊंघते हुए बीच-बीच में चमड़े के एक टुकड़े से हवा कर रहा था। बिना किसी की मौजूदगी पर ग़ौर किए, रस्टी सबको देख रहा था, क्योंकि उसका मन पहाड़ पर एक अनजान के बारे में सोचते हुए कहीं बहुत दूर चला गया था।

एक लंबे क़द वाला सिख लड़का अपनी गर्दन में डोरी से बंधी ट्रे डाले रस्टी के पास आया। उसने चटख लाल पगड़ी, चौड़ी मोहरी का सफ़ेद पाजामा और काली पेशावरी चप्पलें पहन रखी थीं, जिनके बकल नहीं लगे थे। उसके हाथ और पैर लंबे-लंबे थे, और वह दुबला इसलिये भी लग रहा था क्योंकि अभी

उसका कद बढ़ ही रहा था, और हड्डियों पर मांस चढ़ने का वक़्त ही नहीं मिला था। उसका कद लंबा और शरीर सीधा तना हुआ था, और उसकी हल्की भूरी आंखों में सीधा होने के साथ अपनेपन के भाव थे। उसकी गर्दन में पड़ी डोरी से बंधी ट्रे में कई तरह की मिली-जुली चीज़ें—कंघे, बटन, चाबी के छल्ले, धागे की रील, सस्ते इत्र की शीशियां, साबुन और बालों में लगाने वाले तेल की शीशियां थीं। वह रस्टी के पास आकर रुक गया, लेकिन उससे कुछ लेने के लिए पूछा नहीं। वह सिर्फ़ रस्टी को देखने के लिए रुका था।

किसी की नज़रों के निशाने पर खुद को पाकर रस्टी अपनी सपनों की दुनिया से वापस लौटा और सिख लड़के को देखने लगा। कुछ मिनट तक वह एक-दूसरे को ताकते रहे। दोनों की एक-दूसरे में दिलचस्पी साफ़ नज़र आ रही थी। दोनों ने पहली बार एक-दूसरे को देखा था। लेकिन अजनबी की आंखों में एक खिंचाव, एक अजीब-सी कशिश, थोड़ा-सा ग़म और थोड़ी-सी खुशी के भावों ने रस्टी का ध्यान बांध लिया, क्योंकि अजीब चीज़ों की तरफ़ खिंचे चले जाना उसकी फ़ितरत में शामिल था। माहौल में एक-दूसरे के लिए हमदर्दी का असर छा गया था।

एक कौआ उनके बीच में आकर ज़मीन पर उतरा, और उस पल की सारी अहमियत अचानक गायब हो गयी। हमदर्दी के जो तार दोनों के बीच खिंच गये थे, वे टूट गए।

जैसे ही वह सिख लड़का सड़क पर आगे बढ़ गया, रस्टी भी दूसरी तरफ़ मुड़ गया।

दस मिनट वहीं इंतज़ार करने के बाद रस्टी यह सोचकर घंटाघर से गिरजे की तरफ़ चल पड़ा कि किशन शायद सीधे वहीं पहुंच गया होगा। वह ज़्यादा दूर नहीं चला था, कि उसे वही सिख लड़का आम के पेड़ के नीचे बैठे हुए दिखा। उसकी ट्रे उसके बराबर में रखी थी, और उसके हाथों में एक किताब थी। रस्टी किताब पर नज़र डालने के लिए ठहर गया। वह गोल्डस्मिथ की 'द ट्रैवलर' थी। रस्टी को उससे बात करने की वजह मिल गयी।

'तुम्हें यह किताब पसंद आयी?' रस्टी ने पूछा।

सिख लड़के ने रस्टी की तरफ़ मुस्कराते हुए देखा। 'यह किताब हमें

इंटरमीडिएट के कोर्स में पढ़ाई जाती है। अगले महीने मेरे इम्तेहान हैं। मैं और किताबें भी पढ़ता हूं,' उसने बताया।

'लेकिन तुम स्कूल कब जाते हो?' ट्रे की तरफ़ देखते हुए रस्टी ने पूछा। ज़ाहिर है, ट्रे का सामान ही लड़के के लिए रोज़गार का ज़रिया था।

'शाम को क्लास होती हैं, और दिन में मैं ये अनाप-शनाप चीज़ें बेचता हूं। मैं खाने और पढ़ाई का खर्च निकालने भर कमा लेता हूं। मेरा नाम देविंदर है।'

'मेरा नाम रस्टी है।'

रस्टी आम के तने के सहारे खड़ा हो गया।'और तुम्हारे माता-पिता?' उसने पूछा। हिंदुस्तान में, जब दो अजनबी मिलते हैं, तो दोस्ती करने से पहले वह एक-दूसरे के परिवार वगैरह के बारे में ज़रूर पता करते हैं। रस्टी को इस दस्तूर का बखूबी पता था।

'वह कब के गुज़र चुके हैं।' देविंदर बोला। वह बिना लगाव-लिपटाव के बोलता था। '1947 में बंटवारे के समय जब हमें पंजाब छोड़ना पड़ा था, तभी वे मारे गये। शरणार्थी शिविर में मेरी देखभाल हुई। लेकिन मैं अपने दम पर जीना चाहता था, इस तरह। ऐसे मैं बहुत खुश हूं।'

'और तुम रहते कहां हो?'

'कहीं भी।' किताब को बंद करके खड़े होते हुए देविंदर ने कहा।

'किसी की रसोई या बरामदे, या मैदान में। गर्मियों में तो कहीं भी सो जाओ कोई फ़र्क नहीं पड़ता, और सर्दियों में लोग मेरे ऊपर रहम खाकर मेरे लिए कोई न कोई जगह ढूंढ़ देते हैं।'

'तुम हमारे साथ सो सकते हो।' रस्टी ने बिना सोचे-समझे कह दिया। 'लेकिन मैं एक गिरजाघर में रहता हूं। मैं कल से वहीं रह रहा हूं। बहुत आरामदेह तो नहीं है, लेकिन काफ़ी बड़ा है।'

'क्या तुम भी शरणार्थी हो? देविंदर ने मुस्कराते हुए पूछा।

'देखो भई... मैं भी एक ऐसा शख़्स हूं जिसे अपनी जगह से दूर रहना पड़ रहा है।'

वह सड़क पर साथ-साथ चल पड़े। धीमी चाल से, आराम से चल रहे थे, और बीच-बीच में ठहर कर कुछ देर दीवार पर बैठ या किसी फाटक के सहारे टिक कर सुस्ता लेते थे। उन्हें कहीं पहुंचने की कोई जल्दी नहीं थी। वह कहीं भी जा सकते थे। और वहां पहुंचने के लिए जितना वक्त चाहें लगा सकते थे।

और उन्हें जल्दी करने को मजबूर करने वाला भी कोई नहीं था। किशन का एक पैर हमेशा रस्टी की दुनिया में रहता था, और दूसरा पैर आम लोगों के घरों में। देविंदर के दोनों पैर एक ऐसी दुनिया में थे जहां अकेलापन और आज़ादी दोनों थे। इस दुनिया में वह रस्टी से भी ज़्यादा रह चुका था।

रस्टी ने देविंदर को अपने और किशन के बारे में बताया, और जब उसने चर्च पहुंचकर पाया कि किशन वहां पर भी नहीं है, तो उसे फिक्र होने लगी। लेकिन उसके पास इंतज़ार करने के सिवा कोई चारा भी नहीं था। देविंदर ने अपनी ट्रे चर्च में रखी और रस्टी के साथ तालाब पर चला गया। वहां वह नहाये, और धूप में लेटे। वह दोनों वहां करीब एक घंटा रहे।

गूंगा फिर से रस्टी का पीछा करने लगा था, क्योंकि जब वह तालाब से वापस लौटे, तो वह उन्हें पादरियों के कपड़ों वाली कोठरी की सीढ़ियों पर बैठा मिला। 'गू...' अपनी चतुराई पर इतराता हुआ गूंगा बोला।

'मुझे लगता है कि यह भी अब यहीं रहेगा,' रस्टी ने कहा।

अरुणा के साथ की वजह से किशन किसी तरह कुछ घंटों के लिए रस्टी को भूला रहा। उन्होंने साथ में कैरम खेला और रेडियो पर गाने सुने। किशन ने उसका हाथ अपने हाथ में लिया और उसकी हथेली की रेखाओं को पढ़कर काफ़ी देर तक उसके दुःख-तकलीफों के बारे में भविष्यवाणी करता रहा, क्योंकि उसे अरुणा का हाथ पकड़े रहने में मज़ा आ रहा था। वह यह बात भूल गये थे, या भूलने की कोशिश कर रहे थे कि वह बड़े हो चुके हैं, और फिर वह सफ़ेद अफ़ग़ान कालीन पर गुत्थम-गुत्थी करने लगे। तभी मिसेज़ भूषण जो पड़ोसियों को किशन के बारे में बताने के लिए गयी हुई थीं, वह घर आ गयी, और पीछे से दोनों की गर्दन पकड़कर उन्हें कालीन से हटाया।

अरुणा को अपने स्कूल का काम करना था, इसलिए उसने अंकगणित में मदद करने के लिए किशन को साथ ले लिया। वह एक बेंच और एक मेज़ उठाकर बाहर खुशबूदार चकोतरे के पेड़ के नीचे ले गये।

वह सवाल जो किशन को खुद भी समझ में नहीं आ रहे थे, उन्हें समझाने के बहाने वह अरुणा पर झुका जा रहा था। अरुणा के बालों की महक उसपर इतनी हावी हो रही थी और उसका दाहिना कान इतने पास था कि उसके लिए

खुद पर क़ाबू करना मुश्किल हो रहा था, उसका मन कर रहा था कि उसे काट ले।

'तुम्हारे कान बहुत सुंदर हैं, अरुणा!' उसने कहा।

अरुणा सवाल को देखकर मुस्करा दी।

लेकिन रात को, बिस्तर पर लेटे हुए उसे याद आया कि रस्टी चर्च में अकेले बैठा उसका इंतज़ार कर रहा होगा। यह नज़ारा उसकी बरदाश्त से बाहर था।

वह अलग कमरे में सो रहा था, जबकि मिसेज़ भूषण और अरुणा एक साथ बड़े वाले बेडरूम में सो रहे थे। (मिस्टर भूषण दिल्ली में हफ़्ते भर के लिए आज़ादी का मज़ा ले रहे थे।) किशन को बस बग़ीचे की तरफ़ खुलने वाली अपने कमरे की खिड़की खोलकर बाहर निकलने की देर थी।

चुपचाप बिस्तर से बाहर आकर उसने मिस्टर भूषण का गुलाबी पाजामा उतार दिया। खिड़की से आती चांद की हल्की-सी रोशनी में उसकी खुली टांगें नज़र आ रही थीं। वह कमरे में इधर-उधर अपना पुराना पाजामा तलाशने लगा, जब वह मिल गया तो उसने अपनी चप्पल हाथ में लीं और दबे पांव चलकर बेडरूम के दरवाज़े तक गया और ठहर गया। फिर उसने धीरे से दरवाज़ा खोला, और दूसरे कमरे में झांक कर देखा।

मिसेज़ भूषण पीठ के बल सीधी लेटी हुई थीं। उनकी छाती ऐसे ऊपर-नीचे हो रही थीं जैसे छोटे-मोटे भूकंप के झटके हों। उनकी सांसें चलने से अजीब सी सीटियों जैसी आवाज़ आ रही थी। उनके जगने का कोई अंदेशा नहीं था। लेकिन अरुणा पूरी तरह जाग रही थी। वह बिस्तर पर उठकर बैठ गयी और टकटकी लगाकर किशन को देखने लगी।

किशन ने अपने होंठ पर उंगली रखी और बिस्तर की तरफ़ बढ़ा। 'मैं रस्टी के पास जा रहा हूं,' उसने फुसफुसा कर कहा। 'मैं सुबह होने से पहले लौट आऊंगा।'

किशन की उंगलियों ने अरुणा की उंगलियों को ढूंढ़ लिया, और उन्हें धीरे से दबाया। फिर वह खिड़की के रास्ते कमरे से बाहर निकल गया, और बग़ीचे के बीच बने रास्ते पर दौड़ता हुआ फाटक के बाहर निकल गया। वह तब तक भागता रहा, जब तक कि वह चर्च नहीं पहुंच गया।

वह पादरियों के कपड़ों की कोठरी में घुसने ही वाला था कि एक अजीब-ओ-ग़रीब सी ख़ौफ़नाक सूरत अचानक उसके सामने आ गयी और उसके होश उड़ा दिये।

'गू!' वह गूंगा था। वही गूंगा जो रस्टी और किशन को चाय की दुकान पर मिला था। आगे बढ़ा, तो रस्टी को देविंदर के साथ ज़मीन पर बैठकर *द ट्रैवलर* पढ़ते देख वह और भौंचक्का रह गया। सिख लड़के ने अपनी पगड़ी उतार दी थी, और उसके लंबे बाल कंधों से नीचे फैल गये, जिससे वह आदिवासियों सा, बल्कि ख़तरनाक लग रहा था।

जब पन्ने पर किशन का साया पड़ा तो रस्टी ने किताब से सिर उठाकर ऊपर को देखा।

'तुम कहां चले गये थे, भैया?' रस्टी ने पूछा, 'तुमने भी तो नहीं बताया था कि तुम्हें इतनी देर लग जाएगी।'

'मेरा अपहरण हो गया था,' किशन ने बेंच पर बैठकर देविंदर को शक की निगाहों से देखते हुए बताया।

'यह है हमारा नया साथी,' रस्टी ने ज़रा सा ज़ोर देते हुए कहा, 'यह भी अब से हमारे साथ ही रहेगा।'

किशन ने देविंदर की तरफ़ घूरकर देखा। अपने दोस्त पर अपना अकेले का हक जताना उसकी फ़ितरत थी, और किसी दूसरे का रस्टी के ज़्यादा नज़दीक आना उसे गवारा नहीं होता था।

'क्या गूंगा भी यहीं हमारे साथ रहेगा?' उसने पूछा।

'वह फिर मेरे पीछे चला आया। हम उसे चौकीदार की तरह रख सकते हैं। लेकिन पहले यह बताओ कि तुम कहां रह गये थे?'

'मुझे अपनी मां की बड़ी पुरानी सहेली मिसेज़ भूषण मिल गयी थीं। यह बता कर कि मैं पैदल दौरे पर था मैंने उन्हें बेवक़ूफ़ बनाने की कोशिश की, पर उन्होंने मुझपर विश्वास नहीं किया, और मुझे अपने साथ घर ले गयीं। और जब वह सो गयीं तब कहीं मैं वहां से भाग निकलने में कामयाब हो पाया। पर यह पक्का है कि वह सुबह तक यहां आ धमकेंगी। तब मैं क्या करूंगा?'

'तुम कभी यह सोचने की तकलीफ़ करते हो कि तुम्हें क्या करना चाहिए, भैया?'

'मैं अपने रिश्तेदारों के साथ नहीं रहना चाहता।'

'लेकिन हम बिना किसी मकसद के इस तरह हमेशा तो नहीं घूम सकते।'

'हमने घूमना बंद कर दिया है,' किशन बोला।

'तुमने बंद कर दिया होगा। लेकिन मुझे तो लगता है कि मुझे फिर चले जाना चाहिए। मेरी एक रिश्तेदार हैं जो पहाड़ों पर रहती हैं। शायद वह मेरी मदद कर सकें।'

'मैं ज़रूर तुम्हारे साथ चलूंगा!' किशन ने भरोसा दिलाया।

'और अगर मैं उन्हें नहीं ढूंढ़ पाया, तो फिर क्या होगा? हम दोनों पहाड़ों पर फंस जाएंगे और हमारे पास कुछ नहीं होगा। अगर तुम यहीं रहोगे, तो तुम बाद में मेरी मदद कर पाओगे।'

'तुम कब जा रहे हो?' किशन ने उतावलेपन से पूछा।

'जैसे ही कुछ पैसे इकट्ठे हो जाते हैं।'

'मैं मिसेज़ भूषण से कुछ लेने की कोशिश करूंगा, उनके पास कोई कमी नहीं है, लेकिन वह हैं कंजूस। और ये तुम्हारे साथ जाएगा?' किशन ने देविंदर की तरफ़ देखते हुए कहा।

'मैं नहीं जा सकता, एक महीने में मेरे इम्तेहान होने वाले हैं।'

किशन ने अपने जूते उतार कर एक तरफ़ डाल दिये और खुद गिरजे की बेंच पर जम गया। रस्टी ने द ट्रैवलर में से ज़ोर-ज़ोर से पढ़ना शुरू कर दिया। और बाकी सब सुनने लगे। किशन ने अपने पैरों को आगे वाली बेंच के पीछे फंसा रखा था, देविंदर ने अपनी ठोड़ी घुटनों पर टिका रखी थी। और उसकी नज़रें रस्टी पर टिकी थीं, और गूंगा, जिसे भले ही एक भी शब्द समझ में नहीं आ रहा था, मोमबत्ती की रोशनी में दांत दिखा रहा था।

अगले सवेरे तीनों लड़के तालाब में नहाने गये। नीम की महक, बहते पानी की आवाज़, और हल्के से छू कर बहती हवा ने उन्हें मदहोश कर दिया, और जीने की उमंग से भर दिया। ओस का बोझ उठाए घास पर कूदते-फांदते वे पानी तक पहुंचे।

गूंगा, जिसने न नहाने का उसूल ही बना रखा था, ऊंची चट्टानों पर चढ़कर बैठ गया और वहीं से सबको पानी में तैरते और कम गहरे पानी में गुत्थम-गुत्थी करते देखने का मज़ा अकेले लेता रहा।

देविंदर तालाब के सबसे गहरे हिस्से में खड़ा होता तब भी उसका सिर पानी के ऊपर रहता। अपने लंबे बालों को समेट कर रखने के लिए उसने सिर के बिलकुल ऊपर जूड़ा जैसा बना रखा था। उसके बाल सुनहरे-भूरे से रंग के थे और त्वचा तपे हुए सोने-सी। वह दमकती हुई मछली की तरह पानी में इधर से उधर फिसल रहा था।

किशन ने कीचड़ के गोले बना-बना कर देविंदर और रस्टी की तरफ़ फेंकने शुरू किये। एक-दूसरे पर कीचड़ मारने का खेल शुरू कर दिया। कुछ वैसे ही, जैसे पहाड़ों पर बर्फ़ के गोले फेंक कर खेलना, लेकिन उससे कहीं गंदा। खेल-खेल में चल रही यह जंग जब अपनी पूरी उठान पर थी, तभी गूंगा एक भैंस पर बैठा नज़र आया। सारे के सारे बारी-बारी से भैंस पर बैठे, लेकिन सिर्फ़ गूंगे के बैठने पर ही वह चलती थी। जब किशन या रस्टी उस पर बैठे, लात चला-चला कर मारते और चिल्लाते रहे लेकिन भैंस टस से मस नहीं हुई। ज़्यादा से ज़्यादा उसने कीचड़ में करवट भर बदली, जिससे लड़के भी उसपर से फिसलने लगे। लेकिन इस बात से उन्हें कोई फ़र्क नहीं पड़ता था कि वह कितने गंदे हो रहे हैं, क्योंकि पानी में छलांग लगाकर वह फिर साफ़ हो जाते थे।

तालाब पर उन्होंने काफ़ी ज़्यादा वक़्त बिताया। जब वह गिरजे में वापस आये, उन्होंने पाया कि फाटक पर हिलमैन गाड़ी खड़ी थी। बेचैन और चिढ़ी हुई मिसेज़ भूषण ड्राइवर की सीट पर बैठी थीं। ऐसा लग रहा था जैसे वह लड़ने पर आमादा हों, लेकिन जैसे ही उन्होंने देखा कि किशन के साथ सिर्फ़ रस्टी ही नहीं, दो और ख़तरनाक से दिखने वाले जवान लड़के हैं, उन्हें जिस बात का डर था, वह पक्की हो गयी- किशन बदमाशों के चक्कर में पड़ गया था, और ऐसे में होशियारी से काम लेकर ही हालात पर काबू पाया जा सकता था।

'किशन, मेरे बच्चे,' मिसेज़ भूषण ने मिन्नत की, 'हम तुम्हारी बड़ी फ़िक्र कर रहे थे। तुम्हें हमें बिना बताये नहीं जाना चाहिये था! अरुणा बहुत उदास है।'

किशन अपने दोस्तों के करीब ही मुंह बनाये खड़ा रहा।

'यही बेहतर होगा कि तुम चले जाओ, किशन,' रस्टी ने कहा, 'अगर तुम मिसेज़ भूषण के साथ चले जाओगे, तो मेरी ज़्यादा मदद कर पाओगे।'

'लेकिन फिर मैं तुमसे कब मिल पाऊंगा?' किशन ने पूछा।

'जैसे ही मैं पहाड़ से लौटकर आऊंगा।'

जैसे ही किशन कार में बैठा, रस्टी ने मिसेज़ भूषण की तरफ़ सीधे देखते

हुए कहा, 'ये अब आपके पास से कहीं नहीं जाएगा, लेकिन अगर यह आपके साथ खुश नहीं रहा, तो हम आकर इसे वापस ले जाएंगे।'

'हम भी इसके दोस्त ही हैं,' मिसेज़ भूषण ने कहा।

'नहीं, आप इसके रिश्तेदार जैसे हैं, दोस्त तो हम ही हैं,' रस्टी ने कहा।

'अगर तुम जल्दी नहीं आये, रस्टी, तो मैं तुम्हें ढूंढ़ना शुरू कर दूंगा,' किशन ने लाड़ में भौंहें चढ़ाते हुए कहा, और जैसे ही कार चली, उसने देविंदर और गूंगा को देख हाथ हिलाया।

'वह आज रात को वापस भागकर आ सकता है,' देविंदर ने कहा।

'उसे मिसेज़ भूषण के घर रहने की आदत पड़ जाएगी, और जल्दी ही वहां उसका मन लग जाएगा। वह हमें भूलेगा नहीं, याद सिर्फ़ तब याद किया करेगा जब वह अकेला होगा। हम उसके लिए गुज़रे ज़माने की यादों जैसे रह जाएंगे, लेकिन हमारी वजह से उसमें कुछ बदलाव आया है। अब उसे पता है कि दुनिया में उसके अलावा और लोग भी हैं,' रस्टी ने अपनी बात पूरी की।

'मैं उसे समझ नहीं पाया,' देविंदर ने कहा, 'लेकिन मुझे वह अच्छा लगा।'

'मैंने उसे समझा, इसके बावजूद वह मुझे अच्छा लगा।' रस्टी बोला।

लफ़ंगा

'**अ**गर तुम्हारे पास करने के लिए कुछ और न हो,' देविंदर ने पूछा, 'तो क्या तुम मेरे साथ फेरी पर चलोगे ?'

रस्टी बोला– 'पहले हम हाथी का पता लगाएंगे, क्योंकि अगर वह निकल नहीं गया होगा तो मैं उसके साथ लैंसडाउन जा सकता हूं।'

रस्टी देविंदर के साथ बाज़ार की तरफ़ निकला। क्योंकि अभी सवेरा हुआ ही था, दुकानें खुलनी शुरू हो रही थीं। सब्ज़ी वाले अपने माल को ताज़ा बनाये रखने के लिए उसपर खूब सारा पानी छिड़क रहे थे, और साथ में अपने माल और उसके भाव की बोलियां लगा रहे थे। स्कूल के लिए निकले बच्चे कडक्कों और कंचे खेलकर वक्त काट रहे थे। कॉलेज जाती लड़कियां टोलियां बनाकर टांय-टांय करते तोतों के झुंड की तरह गप्पें हांकती चली जा रही थीं।

आदमी साइकिल से काम पर जा रहे थे और माल से लदी बैलगाड़ियां गावों की तरफ़ से आ रही थीं। जो धूल रात भर में नीचे बैठ गयी थी, वह फिर से धुंध की तरह छा गयी थी। रस्टी और देविंदर चाय की दुकान पर मक्खन की मोटी पर्त लगा बन खाने और कड़क मीठी चाय पीने के लिए दुकान पर रुक गये। फिर वह हाथी का कमरा ढूंढ़ने निकले। कपड़े की एक दुकान के ऊपर उन्हें हाथी का कमरा मिला, लेकिन उसका दरवाज़ा खुला पड़ा था। खाट दीवार के सहारे खड़ी थी। कमरे के कोनों, दीवारों में बनी अलमारियों, खिड़कियों के कंगूरों और फ़र्श पर मिट्टी के रंग-बिरंगी खिलौने पड़े थे– हाथी, बैल, मोर, और कृष्ण और गणेश की मूर्तियां। होंठों पर बांसुरी लगाये नीले से कृष्ण, छोटी-सी मनोहारी सूड़ वाले मोटे से गणेश। ज़्यादातर खिलौने और मूर्तियां अधबनी थीं, और रंगे-पुते तैयार नगों के मुकाबले ज़्यादा अच्छी लग रही थीं। ज़्यादातर तैयार माल बिक्री के लिए बाज़ार जाने वाला था।

रस्टी यह देखकर दंग रह गया कि इतना भारी पहलवान रोज़गार के लिए खिलौने बनाता है। उसने सोचा भी नहीं था कि उसके दोस्त के बड़े-बड़े हाथों में ऐसा हुनर, और हाथ की सफाई है। यह बात पता लगने की खुशी ने हाथी के चले जाने से हुई मायूसी को बराबर कर दिया।

'लो, यह तो पहले ही जा चुका है,' रस्टी बोला, 'कोई बात नहीं, मुझे पता है कि मेरे बिना बताये पहुंचने पर भी वह मेरा स्वागत करेगा।'

वह देविंदर के साथ बाज़ार से निकला और शहर के रिहायशी इलाके की तरफ़ चल पड़ा। क्योंकि वह जल्दी ही देहरा से जाने वाला था, इसलिए अब दोबारा से स्कूल जाने का कोई मतलब नहीं रह गया था। लेकिन उसे मिस्टर पैटिग्रू से मिलना था।

जब वह घंटाघर पहुंचे, तो सड़क के उस पार से उन्हें देखकर किसी ने सीटी बजायी। और एक लंबा सा लड़का लंबें-लंबे डग भरता उनकी तरफ़ आया।

अपनी लंबी टांगों की वजह से वह देविंदर से भी लंबा लग रहा था। उसने आगे से खुली ढीली सी बुशशर्ट पहन रखी थी। उसका चेहरा लंबा और पीला सा था, लेकिन उसकी आंखों में शैतानी थी, और मुस्कान ऐसी कि कोई भी फ़िदा हो जाए।

'लो, यह आया सुधीर... लफ़ंगा,' देविंदर ने रस्टी के कानों में फुसफुसाया। 'लफ़ंगा का मतलब लोफ़र। लगता है इसे पैसे चाहिए होंगे। यह शहर का देखने में सबसे मस्त और सबसे खतरनाक लड़का है,' उसने ज़ोर से कहा।

'सुधीर, मेरे जो बीस रुपये तुम्हारे ऊपर बकाया हैं, वह कब वापस करने जा रहे हो?'

'ऐसे बात मत करो, देविंदर!' लफ़ंगा बोला। उसके बोलने के ढंग से साफ था कि उसे बुरा लग गया है। 'मेरी भावनाओं को ठेस मत पहुंचाओ। तुम्हें पता है कि तुम्हारा पैसा मेरे पास बैंक से भी ज़्यादा सही-सलामत है। बल्कि उससे तुम्हें फायदा भी होगा। मेरे शब्दों को याद रखना। मैंने एक तरकीब सोची है जिसके बारे में कुछ दिनों में पता चल जाएगा, और तब तुम्हें तुम्हारा पैसा दोगुना होकर मिलेगा। मुझे ये बताओ कि तुम्हारा ये दोस्त कौन है?'

'हम दोनों साथ में रहते हैं,' देविंदर ने रस्टी के बारे में बताते हुए कहा, 'लेकिन इसके पास कोई पैसे-वैसे नहीं हैं, इसलिए फालतू की कोई बात मत सोचो।'

'देखो, इसने मेरे बारे में जो कुछ कहा हो, उसपर यकीन मत करना,' लफ़ंगे ने इस तरह मुस्कराते हुए कहा कि उसके मज़बूत दांत नज़र आ गये, 'हकीकत में, मैं इतना भी बुरा नहीं हूं।'

'वैसे भी, जो लोग बिलकुल भोले-भाले होते हैं, वह फ़ीके-से होते हैं,' रस्टी ने कहा।

'मैं तुम्हारी इस बात को बिलकुल सही मानता हूं। मुझे लगता है कि बहुत सारी बातों में हम एक-जैसे हैं,' लफ़ंगा बोला।

'लेकिन इसके पास कुछ भी नहीं है,' देविंदर ने जोड़ा।

'तो ठीक है, इसे बिलकुल शुरुआत से काम करना होगा। दौलत कमाने का सबसे अच्छा तरीका है। तुम आकर मुझसे मिलना। आओगे न, मिस्टर रस्टी? मुझे समझ में आ गया है कि हम दोनों मिलकर गज़ब ढा सकते हैं। तुम उस तरह के बंदे हो, जिसपर लोग यकीन करते हैं! जबकि मेरे ऊपर बस नज़र भर पड़ जाए तो अपनी जेबें देखने लगते हैं, कि कहीं कुछ ग़ायब तो नहीं हो गया!' लफ़ंगा बोला।

पता नहीं उसके दिल में क्या आया, रस्टी का हाथ भी अपनी जेब पर पहुंच गया, और यह देखकर सब हंस पड़े।

'अच्छा, अब मुझे चलना चाहिए,' सुधीर यानी लफ़ंगा को अब समझ में आ चुका था कि देविंदर के साथ उसकी दाल नहीं गलने वाली है। वह बोला– 'मुझे एक छोटा-सा काम निपटाना है। उससे मुझे बीस या तीस रुपये मिलेंगे।'

'फिर, जाओ और लोहे के गरम रहते उसपर चोट कर डालो!' देविंदर ने सुझाया।

'मैं ऐसा नहीं करता,' लफ़ंगा ने आगे बढ़ते हुए कहा। 'मैं तो चोट करके लोहे को गरम करता हूं।'

'सुधीर उतना भी बुरा नहीं है,' देविंदर ने रस्टी के साथ घंटाघर से आगे बढ़ते हुए कहा।

'वह धोखेबाज़ है, श्री 420, लेकिन वह हमारे जैसे लोगों को नुकसान नहीं पहुंचाएगा। क्योंकि वह अच्छा-ख़ासा पढ़ा-लिखा है, वह किसी तरह खाते-पीते घर के लोगों का विश्वास जीत लेता है, और जिन मामलों में हाथ डालने से उनकी

इज़्ज़त को बट्टा लगता, उन्हें ख़ुद निबटा देता है। लेकिन वह जो कुछ कमाता है, सारा ख़र्च कर डालता है, और दरियादिल इतना है कि कामयाब हो ही नहीं सकता था।'

वह ऐसी सड़क पर पहुंच चुके थे, जिसके दोनों तरफ़ पेड़ थे। नीम, आम, जामुन और यूक्लिप्टस के पेड़। और पेड़ों के बीच जगह-जगह लंबे-लंबे बांस के झुरमुट थे। रस्टी ने इतनी तरह के पेड़ देहरा के सिवा और कहीं नहीं देखे थे। ऐसे पेड़ जिनके नाम भी नहीं पता थे। लंबे, सीधे और छायादार पेड़। पेड़ जो दोपहर के सन्नाटे में सो जाते थे या खड़े-खड़े सोच में डूब जाया करते थे। और पेड़ जो हवाओं के सो जाने पर भी लहराते, झूमते और खुसुर-पुसुर करते रहते थे।

फ़ुटपाथ पर कुछ गेंदे अपने आप उग आये थे, जिनमें से दो देविंदर ने उखाड़ लिए। उनमें से एक रेस्टी को दे दिया।

'एक लड़की है जो सड़क के बिलकुल शुरुआत वाले हिस्से में रहती है,' देविंदर बोला, 'बड़ी सुंदर लड़की है, मेरे साथ चलो और देखो।'

वह सड़क के आख़िरी वाले मकान तक पैदल चलकर गये। रस्टी गेट पर खड़ा रहा, देविंदर पगडंडी पर चलकर आगे तक गया। देविंदर बरामदे की शुरुआती सीढ़ियों पर एक तरफ़ को रुक गया जहां से घर की खिड़की से उसे देखा जा सके, और वहीं से उसने हल्के से सीटी बजायी।

एक लड़की बरामदे में आयी, और जब उसने देविंदर को देखा, तो मुस्कराई। उसका ताज़गी भरा चेहरा गोल था, बाल लंबे थे, और उसने पांवों में कुछ भी नहीं पहन रखा था।

देविंदर ने उसे गेंदे का पौधा दिया। उसने हाथ में लिया, और उसकी समझ में नहीं आया कि क्या कहे, इसलिए अंदर भाग गयी।

उस सुबह देविंदर और रस्टी करीब चार मील पैदल चले। देविंदर के ग्राहकों में तेज़ी से शान-ओ-शौक़त गंवाती महारानियों और सरकारी कर्मचारियों की बीवियों से लेकर मालिन और जमादारिन तक थीं। हालांकि उसके पास सस्ती चीज़ें होती थीं, लेकिन ग़रीबों के मुक़ाबले बड़े घर वाले दाम को लेकर ज़्यादा आनाकानी करते थे। और कुछ ऐसे थे जो देविंदर से इसलिए चीज़ें ख़रीदते थे क्योंकि वह देविंदर की माली हालत से वाक़िफ़ थे और वह जो कर रहा था, उसे पसंद करते थे।

दो चोटियों वाली एक छोटी-सी लड़की सड़क पर कूदती-फांदती अपनी चोटियां उछालती आयी और रस्टी को देखकर ऐसे ठहर गयी जैसे वह आम लोगों से अलग हो, लेकिन बुरा लगने वाला नहीं।

रस्टी ने दूसरा गेंदा अपनी जेब से निकाला और लड़की को दे दिया। बहुत समय बाद वह किसी को कोई तोहफा दे पाया था।

कुछ देर बाद दोनों के रास्ते अलग हो गये- देविंदर वापस शहर की तरफ़ लौट चला और रस्टी ने नदी का पाट पार किया। वह चाय बाग़ान से होता हुआ पैटिग्रू साहब के बंगले पर पहुंचा।

बुज़ुर्ग पैटिग्रू साहब बरामदे में नहीं थे, लेकिन एक नौजवान नौकर ने रस्टी को सलाम ठोंका और उसे बैठने के लिए कहा। शायद पैटिग्रू साहब नहा रहे थे।

'क्या पैटिग्रू साहब हमेशा दोपहर में ही नहाते हैं?' रस्टी ने पूछा।

'हां, साहब ठंडे या गर्म पानी से नहीं नहाते। अपना नहाने का पानी गुनगुना करने के लिए धूप में रखवा देते हैं। दोपहर तक धूप में रखने से पानी बिलकुल उनकी ज़रूरत के मुताबिक हो जाता है।'

रस्टी ड्रॉइंग रूम में घुसा तो वह एक छोटी-सी मेज़ से टकराकर गिरते-गिरते बचा। कमरे में फ़र्नीचर और तस्वीरें और तमाम अटरम-शटरम चीज़ें भरी पड़ी थीं। भुस भरे और मढ़कर टंगे बाघों के सिर गुर्राने के अंदाज़ में मुंह बायें दीवारों से नीचे ताक रहे थे। कालीन पर किनारों से थोड़ी-थोड़ी घिसी चीतल की कई खाल बिछी थीं। अलमारियों के कई खानों में उम्दा चमड़े के जिल्द वाली किताबें भरी हुई थीं। दीवारों पर फोटो सजी थीं- एक में अपने जवानी के दिनों में पैटिग्रू साहब बेचारे से तेंदुए पर पैर रखे खड़े थे, दूसरी में पैटिग्रू साहब हाथी पर सवार थे, और उन्होंने अपनी रायफ़ल पैरों पर टिका रखी थी। तस्वीरों को देखकर रस्टी को वह दिन याद आ गये जब वह बड़ों के साथ शिकार पर गया था। वह सोचने लगा कि इतने शिकार करने वाले को पढ़ने के लिए कब समय मिलता होगा। वह अभी फोटोग्राफ़ देख ही रहा था कि बड़े से बाथरोब में लिपटे दुबली काठी वाले पैटिग्रू साहब आ गये। उनका बालदार सीना लाल पड़ गया था जिससे लग रहा था कि उन्होंने नहाते वक़्त उसे ख़ूब अच्छी तरह रगड़ा है।

'अरे वाह, तुम आ तो गये!' वह बोले। नौकर ने बताया कि तुम आये हो। तुमसे दोबारा मिलकर और अच्छा लगा। बैठो और कुछ पीयो।'

मिस्टर पैटिग्रू ने व्हिस्की की बोतल निकाली और दो कड़क गिलास तैयार किये। इसके बाद बाथरोब और स्लिपर पहने-पहने वह आरामकुर्सी में बैठ गये। रस्टी ने दीवार पर लगे एक बाघ के सिर की तारीफ़ की तो मिस्टर पैटिग्रू बोल पड़े—

'यह असम में हाथ लगा था, 1928 में। मैं तीन रात मचान में बैठा रहा था, तब कहीं ये निशाने पर आया।'

'आपके पास किताबें भी काफ़ी हैं?' रस्टी ने कहा।

'काफ़ी अच्छी किताबें हैं, जिनमें से ज़्यादातर जानवरों और पेड़-पौधों के बारे में हैं। कुछ तो बहुत दुर्लभ हैं। अच्छा, ये तो बताओ,....' मिस्टर पैटिग्रू ने दीवार पर एक नज़र दौड़ाते हुए पूछा? 'क्या तुमने कभी अपने पिता की तस्वीर देखी हैं?

'क्या आपके पास है?' रस्टी ने पूछा, 'मुझे तो बस धुंधली-सी याद है कि वह कैसे दिखते थे।'

'उधर देखो, उस फोटोग्राफ़ में हैं वह,' पैटिग्रू साहब ने एक तस्वीर की तरफ़ इशारा करते हुए बताया।

रस्टी उठकर उस तस्वीर के करीब गया जिसमें सफ़ेद कमीज़ और फ़लालेन की पतलून पहने तीन आदमी टेनिस के रैकिट लिये बड़े सतर्क-से होकर खड़े थे।

'वह बीच में हैं, और मैं उनके दाहिने,' पैटिग्रू साहब ने बताया।

रस्टी ने तस्वीर में हल्के रंग के बालों और तरोताज़ा चेहरे वाले एक गोरे युवक को देखा। तीनों में वही अकेले खिलाड़ी थे जो मुस्करा रहे थे। तस्वीर में मिस्टर पैटिग्रू की बड़ी-बड़ी मूंछें थीं, और ऐसा लग रहा था जैसे बस अपने रैकिट से वह बाघ को निपटाने वाले हैं। तस्वीर में मौजूद तीसरे शख़्स के बाल उड़ चुके थे और वह कहीं से दिलचस्प नहीं लग रहा था।

'ज़ाहिर है इस तस्वीर में तुम्हारे पिता बहुत कम उम्र के थे,' पैटिग्रू साहब ने कहा, 'यह तस्वीर तब ली गयी थी जब तुम्हारे बारे में तो किसी ने सोचा भी नहीं था, क्योंकि तब तक उनकी शादी भी नहीं हुई थी।'

रस्टी कुछ नहीं बोला। वह यह कल्पना करने की कोशिश कर रहा था कि उसके पिता टेनिस कोर्ट में खेलते हुए कैसे लगते होंगे, और सोचने लगा कि क्या वह पेटिग्रू साहब से बेहतर खेलते होंगे या नहीं।

'आप तीनों में सबसे अच्छा कौन खेलता था?' रस्टी ने पूछ ही लिया।

'आह, हम दोनों ही काफ़ी अच्छा खेलते थे, मालूम है। उस विल्की को छोड़कर जो तस्वीर में ग़लती से आ गया था।'

'क्या मेरे पिता ज़्यादा बातें करते थे,' रस्टी ने पूछा।

'भई, हम सभी खूब बातें किया करते थे, ख़ासतौर से थोड़ी पी लेने के बाद। वह बोलने बात करने में हममें से किसी से पीछे नहीं थे, और गाना भी गा लेते थे। पार्टी में अक्सर लोग उनसे मशहूर गायिका और अभिनेत्री डियाना डर्बिन का गाया वह गीत गाने को कहा करते थे जिसमें शालीमार बाग़ का ज़िक्र था... पता नहीं तुम्हें मालूम है या नहीं?'

पैटिग्रू साहब ने अपनी फटी और लड़खड़ाती-सी आवाज़ में वह अंग्रेज़ी गीत गाना शुरू कर दिया तो रस्टी को फोटो की तरफ़ से ध्यान हटाना पड़ा। लेकिन बीच में वह गाने के बोल भूल गये? तो उन्होंने व्हिस्की का एक और घूंट भरा, और उसके बाद एक दूसरा ही गीत गाने लगे। एक बूढ़े को बाथरोब पहनकर हाथ में व्हिस्की का गिलास लिए गाता देख रस्टी मुस्कराये बिना नहीं रह सका।

वह गीत भी अधूरा छोड़कर पैटिग्रू साहब बोले- 'अच्छा..., अब मुझसे पहले जैसा... उतना अच्छा नहीं गाया जाता। चलो छोड़ो। अब तुम मुझे यह बताओ, बेटा, कि तुम गढ़वाल कब जा रहे हो?'

'शायद कल ही।'

'तुम्हारे पास पैसे हैं न?'

'सफ़र के लायक तो हैं। और पहाड़ में मेरा एक दोस्त भी है जिसके साथ मैं कुछ दिन रह सकता हूं।'

'और पैसे?'

'अभी के लिए काफ़ी हैं।'

'ठीक है, लेकिन मैं तुम्हें बीस रुपये उधार दे रहा हूं,' रस्टी के हाथ में एक लिफाफा थमाते हुए वे बोले, 'लौट कर मुझसे ज़रूर मिलना, जिन्हें ढूंढ़ने तुम जा रहे हो, वह मिलें या न मिलें।'

'ज़रूर, पैटिग्रू साहब!' रस्टी ने कहा। बुज़ुर्ग लड़के को कुछ पल देखते रहे, जैसे कुछ समझने की कोशिश कर रहे हों।

'वैसे तुम्हें अपने पिता के बारे में ज़्यादा कुछ पता लगाने की ज़रूरत नहीं है,' वह बोले, 'तुम खुद उन्हीं के जैसे हो।'

जब देविंदर बाज़ार लौटा तो उसे पान की एक दुकान पर सुधीर मिला। उसके होंठ लाल हो रहे थे। देविंदर ने सीधे मुद्दे की बात छेड़ी।

'सुधीर, तुमने मुझसे बीस रुपये उधार लिये थे। मुझे अब उनकी ज़रूरत है। अपने लिए नहीं, रस्टी के लिए। उसे ज़रूरी काम से देहरा से बाहर जाना है। तुम मेरे पैसों का आज रात तक इंतज़ाम कर दो।'

लफ़ंगा सिर खुजाने लगा।

'ज़रा मुश्किल काम है यह,' वह बोला, 'लेकिन इंतज़ाम हो भी सकता है। उसे सचमुच पैसों की ज़रूरत है? कहीं यह मुझसे पैसे वसूल करने की तुम्हारी चाल तो नहीं?'

'वह पहाड़ जा रहा है। वह जिनके पास जा रहा है, उनके मिलने पर शायद उसे कुछ रक़म भी मिल जाये।'

'देखो, यह अलग बात है। यह तो एक तरह से रस्टी पर पैसे लगाना हुआ,' लफ़ंगा कुछ खुश होते हुए बोला, 'अच्छा, मुझसे शाम के छह बजे घंटाघर पर मिलना, और मैं तुम्हारे पैसे का इंतज़ाम कर दूंगा। मुझे खुशी इस बात की है कि अब तुम काम के लोगों को दोस्त बना रहे हो।'

उसने पान का एक और बीड़ा मुंह में दबाया, और देविंदर से विदा लेकर लाल-लाल मुस्कराहट बिखेरता हुआ हाथ हिलाता वहां से चला गया।

नज़र तो यही आता था कि वह धूप में टहलते हुए चाय की दुकानों पर वक़्त बिताने और बाज़ार के पिछवाड़े के कमरों में पत्तों पर दांव लगाने के सिवा कुछ नहीं करता था। यह सब तो वह करता ही था, लेकिन उसकी रोज़ी इससे नहीं चलती थी।

वह अपनी सूझबूझ की खाता था, यह कहना भी कुछ बढ़ा-चढ़ा कर कही गयी बात लगती। दरअसल, बहुत हद तक उसका काम दूसरों की सूझबूझ से चलता था। मिसाल के तौर पर, एक सेठ जी थे, जो कि रस्टी के पुराने मकान मालिक भी थे। वही सेठ जी जिनके पास काफ़ी ज़मीन-जायदाद थी और कई तरह की हेरफेर में लगे रहते थे। जिनसे मुंह का स्वाद ख़राब होता है, ऐसे तमाम मामलों में उनका काम लफ़ंगा संभालता था।

सुधीर बंटवारे के पहले के सरहदी इलाके का था, जहां इंसान की ज़िंदगी की कोई ख़ास क़ीमत नहीं लगायी जाती। बचपन में बेघर शरणार्थी बनकर भटकता हुआ हिंदुस्तान आ गया। एक तस्कर ने उसे गोद ले लिया, धंधे के कुछ गुर सिखाये और इस काम के कुछ माहिर लोगों से मिलवाया। लेकिन सुधीर के धरम-पिता

सरहद पार करते हुए पुलिस के हत्थे चढ़ गये, और पुलिस ने उन्हें मार गिराया। इस तरह सुधीर फिर अकेला रह गया। लेकिन उस वक़्त तक वह इतना बड़ा हो चुका था कि अपना ख़याल खुद रख सके। अपने धरम-पिता के मिलने वालों की मदद से उसे सेठ जी के यहां काम मिला और उसने उनका भरोसा जीत लिया।

सुधीर कोई मामूली अपराधी नहीं था। वह जुर्म को बारीक काम की तरह लेता था, और उसका मानना था कि चोर और कातिल के भी कुछ उसूल होने चाहिए। अगर वह चुराता था, तो अमीर से, जिसके पास चुराने लायक कुछ हो, या लालची से, जो इसी लायक है कि उससे कुछ छीना जाय। ग़रीबों को न लूटने के पीछे कोई नेकदिली वाली बात नहीं थी, वजह यह थी कि ग़रीब को लूटने में फायदा कुछ नहीं था।

वह देविंदर जैसे दोस्तों के साथ दोस्ती निभाता था। लेकिन उसके सबसे काम के दोस्तों में शायद नाचनेवालियां थीं, जो बाज़ार के बीचोंबीच ऐसी संकरी गलियों में धंधा करती थीं जहां जाना भी आसान नहीं था- जिनसे उसे पैसा भी मिलता था और काम की बातें भी पता चलती थीं। उसकी सबसे अच्छी दोस्त हस्तिनी और मृणालिनी थीं। वह उनसे अकसर उधार लिया करता था, और कभी आधे से ज़्यादा वापस नहीं करता था।

दूसरी खूबियों के अलावा, हस्तिनी को सितार बजाना और कुछ ज़्यादा ही ज़ोर से थाप देकर नाचना आता था।

मृणालिनी, कद-काठी में छोटी-सी थी, लेकिन इसी माहौल में पली-बढ़ी थी। उसकी परवरिश उसकी मां ने की थी, जो पहले खुद भी लोगों को खुश करने का धंधा करती थी, लेकिन अब मृणालिनी की कमाई का बड़ा हिस्सा अपने पास रख लेती थी।

सुधीर ने दोपहर की नींद का मज़ा लेती हस्तिनी की गर्दन में पंख से गुदगुदी करके उसे जगा दिया।

'और तुम रात को किसके साथ थे, भाई?' उसने सुधीर के घने भूरे बालों में उंगलियां फिराते हुए पूछा, 'तुम में से बड़े सड़े हुए इत्र की महक आ रही है।'

'तुम्हें पता है कि मैं अपनी रातें किसी के साथ नहीं बिताता,' सुधीर ने जवाब दिया, 'और इत्र कल का है।'

'कोई नयी है क्या?'

'नहीं, मेरी तितली। उससे मिले हुए अभी हफ़्ता हुआ है।'

'इतना ज़्यादा वक़्त हो चुका,' हस्तिनी ने चिढ़कर कहा। 'इतना ज़्यादा वक़्त हो गया... । उसपर कितना उड़ा चुके?'

'अब तक कुछ भी नहीं। लेकिन मैं तुमसे ये सब बातें करने नहीं आया था। तुम्हारे पास बीस रुपये हैं?'

'चल हट बदमाश!' हस्तिनी चिढ़कर बोली। 'जब तुझे किसी फालतू की छोकरी के साथ गुलछर्रे उड़ाने होते हैं, तो उधार लेने मेरे पास क्यों चला आता है? तू इतना ज़ालिम है?'

'मेरी छोटी-सी कमल की कली!' सुधीर ने उसके गाल पर चुटकी काटते हुए कहा, 'मैं ऐसे किसी काम के लिए उधार नहीं ले रहा हूं। मेरे एक दोस्त को ज़रूरी काम से शहर से बाहर जाना है, और मुझे उसके लिए ट्रेन के किराये का इंतज़ाम करना है। मैंने उससे पैसे ले रखे थे।'

'तुम्हारे दोस्त कब से होने लगे?'

'अरे छोड़ो, है एक। और मैं तुम्हारे पास मदद मांगने इसलिए आया हूं क्योंकि मैं तुम्हें औरों से ज़्यादा प्यार करता हूं। क्या तुम चाहती हो कि मैं मृणालिनी से उधार लूं?'

'ख़बरदार जो उससे लिया,' हस्तिनी बोली। 'अगर ऐसा किया तो मैं तुम्हारी जान ले लूंगी।'

चौड़े कूल्हों वाली हस्तिनी और दुबली और नाटी-सी मृणालिनी के बीच इस बात की होड़ रहती थी कि सुधीर किसे ज़्यादा चाहता है। शायद दोनों के डील-डौल का फ़र्क इसकी वजह थी। मृणालिनी को हस्तिनी के मांसल शरीर को देखकर जलन होती थी, जबकि हस्तिनी मृणालिनी की नज़ाकत, उसकी अदाएं, सुडौल पैर और लुभावनी चाल से जलती थी। मृणालिनी हिरनी-सी सुडौल और दूध-शहद सी रंगत वाली थी जबकि हस्तिनी में था हाथी अल्हड़पन।

सुधीर दोनों की ख़ूबियों का क़दरदान था।

वह बाइस साल का हो चुका था, लेकिन और भी छोटा लगता था, और होंठ टेढ़े करके मुस्कराता था। अगर उसके हाथ बड़े, मज़बूत और लंबी उंगलियों वाले न होते तो शायद वह कुछ-कुछ औरतों-सा लगता।

'तो मेरे पैसे कहां है?' उसने पूछा।

'तुम कितने बेसब्रे हो! बैठ जाओ, बैठ जाओ। यहां गद्दे के नीचे रखे हैं।'

सुधीर के हाथ फौरन गद्दे के नीचे रुपये टटोलने लगे।

'ये रहे! तुमने तो गद्दे के नीचे ख़ज़ाना ही छुपा रखा है। ये देखो, दस रुपये,

पंद्रह और ये बीस... और ये एक रुपया घाटे का! ...चलो, अब एक चुम्मा और दे दो!'

करीब घंटे भर बाद सुधीर फिर सड़क पर था। अपने-आप में मगन सीटी बजाता चला जा रहा था। वह लंबे-लंबे डग भरकर बेपरवाही से चल रहा था, और उसकी शर्ट के बटन खुले थे। संकरी सड़क के आधे हिस्से में गुनगुनी धूप थी जो उस तरफ़ के मकानों-दुकानों की दीवारों पर चढ़ती जा रही थी।

सुधीर एक फल की दुकान से गुज़रा, जहां दुकान वाला एक ख़रीदार से बात कर रहा था। सुधीर ने एक बढ़िया सुर्ख़ क़श्मीरी सेब उठा लिया, और सेब चबाता बाज़ार में अपने रास्ते आगे बढ़ता गया।

बाज़ार मील भर लंबा था, घंटाघर से लेकर रेलवे स्टेशन तक, और सुधीर को इंजन की सीटी सुनाई पड़ रही थी। वह एक तरफ़ जाती गली में मुड़ गया और आधा खाया हुआ सेब एक आवारा कुत्ते पर दे मारा। फिर वह ऊपर जाती सीढ़ियों पर चढ़ने लगा- लकड़ी की ढीली-ढाली सीढ़ियां, जो कभी भी ढह सकती थीं।

मृणालिनी की आधी बहरी मां रसोई के फ़र्श पर उकड़ूं बैठी मिट्टी की बरौसी में आग सुलगा रही थीं। सुधीर ने दरवाज़े से अपना सिर अंदर डाला और ज़ोर से बोला- 'कैसी हो, अम्मा! मेरे लिए चाय बना रही हो...? आज तो तुम भली-चंगी लग रही हो!' और फिर धीरे-से बोला, ताकि उन्हें सुनाई न दे- 'तुम सूखी अंबिया जैसी लग रही हो।'

'तुम फिर आ गये,' बुढ़िया ने झुंझलाकर कहा, 'अब क्या चाहते हो?'

'तुम्हारी बेहद शरीफ़ बेटी को ढूंढ़ रहा हूं, और क्या!' सुधीर ने कहा।

'क्या कहा?' उन्होंने अपने हाथों से कानों को घेरकर आगे को झुकते हुए पूछा।

'मृणालिनी कहां है?' सुधीर ने ऊंची आवाज़ में पूछा।

'ऐसे क्यों चिल्ला रहे हो! वह यहां नहीं है।'

'मैं बस यही जानना चाहता था,' सुधीर ने कहा, और रसोई से सोने वाले कमरे के रास्ते बरामदे से लगे छज्जे तक जा पहंचा, जहां मृणालिनी धूप में बैठी अपने काले लंबे रेशमी बाल काढ़ रही थी।

'लाओ, मैं काढ़ देता हूं,' सुधीर ने उसके हाथ से कंघा लेते हुए कहा, और

उसके काले रेशमी बालों में कंघा करने लगा। 'तुम इतनी सी, और तुम्हारे बाल इतने सारे। तुम चाहो तो दूसरों की नज़रों से बचने के लिए खुद को अपने ही बालों में छुपा लो। सिर्फ़ तुम्हारे छोटे-छोटे पैर दिखेंगे।'

'तुम्हें क्या चाहिए, सुधीर? आज तो तुम सुबह-सुबह इतनी तारीफ़ कर रहे हो। और ज़रा मां का ध्यान रखना, अगर उन्होंने तुम्हें मेरे बाल काढ़ते देख लिया, तो उन्हें दौरा पड़ जाएगा!'

'और उसमें तो वह चल बसेंगी।'

'सुधीर!'

'अपनी मां को लेकर इतना भी दिल न पसीजे तुम्हारा। उसके लिए तो तुम बस सोने की खान हो, कम से कम उसके बर्ताव से तो यही समझ में आता है- अब तो लगता है तुमसे मुलाकात करने के लिए मुझे फॉर्म भरना पड़ा करेगा! अब तो कम से कम आधी कमाई अपने पास रखा करो।'

'ताकि जब तुम्हें चाहिए हों, तो लेने में सहूलियत हो?'

'भई, सहूलियत तो होगी ही। वैसे भी, मैं तुम्हारे पास बीस रुपये लेने आया हूं।'

मृणालिनी खुलकर हँस पड़ी, और सुधीर के हाथ से कंघा ले लिया। 'और तुम मेरे छोटे-छोटे पैरों के बारे में क्या कह रहे थे?' उसने इतराते हुए पूछा।

'मैं कह रहा था कि ये राजकुमारी के पैर हैं, और मेरा तो मन करता है इन्हें चूम लूं।'

'तो चूम लो!'

उसने एक नाज़ुक सा पैर ऊपर को उठा दिया, और सुधीर ने उसे अपने हाथ (जो कि मृणालिनी के पैरों जितने बड़े थे) में लेकर उसके टखने को चूम लिया।

'इसके बीस रुपये हो गये,' वह बोला।

मृणालिनी ने पैर से ही सुधीर को हल्का धक्का दिया, और बोली- 'लेकिन सुधीर, सिर्फ़ तीन दिन पहले ही तो मैंने तुम्हें पंद्रह रुपये दिये थे। उनका तुमने क्या किया?'

'मुझे बिलकुल भी अंदाज़ा नहीं है। मुझे तो बस इतना पता है कि मुझे और चाहिए। तुम यकीन करो, बहुत ज़रूरी है। लेकिन अगर तुम मेरी मदद नहीं कर सकतीं, तो मुझे कहीं और कोशिश करनी पड़ेगी।'

'तो यही करो, सुधीर। अच्छा, क्या मैं पूछ सकती हूं कि तुम किससे लेने की सोच रहे हो?'

'मैं तो.... हस्तिनी के बारे में सोच रहा था।'

'कौन?'

'तुम जानती तो हो, हस्तिनी, वही लड़की जिसकी बनावट बड़ी मस्त है....'

'मैं सोचती हूं मैं ही दे दूं! सुधीर, इतना याद रखना कि अगर तुमने उससे एक रुपया भी लेने की हिम्मत की, तो फिर मैं तुमसे कभी बात नहीं करूंगी!'

'तो यह बताओ कि अब मैं क्या करूं?'

मृणालिनी ने अपनी छोटी-छोटी मुट्ठियां कुर्सी के हत्थों पर पटकीं, और मन ही मन सुधीर को कोसा। फिर वह उठकर रसोई में गयी। रसोई में उसके और उसकी मां के बीच खूब झांय-झांय हुई, और जब वह पंद्रह रुपये लेकर लौटी, तो उसके गाल लाल थे।

'तुम नहीं समझोगे कितनी मुश्किल से पैसे मिले,' वह बोली, 'और अब एक हफ़्ता बीतने से पहले फिर मांगने मत आना।'

'एक हफ़्ते में तो मैं खुद तुम्हें पैसे देने लायक हो जाऊंगा। आज रात को मैं एक बड़ा काम करवाने में हिस्सा लेने जा रहा हूं। कुछ दिनों में तो मैं तुम्हारे सुनहरे पैरों में सोने के कड़े ला कर डाल दूंगा।'

'कैसा काम,' मृणालिनी ने पूछा, फ़िक्र और नाराज़गी के मिले-जुले भाव के साथ उसने पूछा, 'अगर सेठ का कोई काम हो, तो मेहरबानी करके तुम उससे दूर ही रहना। तुम्हें पता है न कि सतीश दयाल के साथ क्या हुआ? वह सेठ के लिए अफ़ीम की तस्करी कर रहा था, और अब जेल में बंद है, जबकि सेठ का काम पहले की तरह ही चल रहा है।'

'तुम मेरी चिंता छोड़ो। मैं सेठ से निबट लूंगा।'

'तो फिर खिसको यहां से! मुझे आज शाम विदेश से आ रहे कुछ लोगों को खुश करना है। आना चाहो तो कल सुबह आ सकते हो, अगर कुछ न कर रहे हो।'

'देखा, मैं आ भी सकता हूं। तब तक के लिए, अलविदा!'

वह वापस सोने के कमरे से होता, रसोई में घुसा, और बुढ़िया के ऊपर झुक कर उसका माथा चूमते हुए बोला :

'सूखे आम-सी।'

और सीटी बजाता वहां से चला गया।

पहाड़ों की ओर

जिस रात उसे सफ़र पर निकलना था, उस रात रस्टी ने चर्च में वैसी ही उदासी का एहसास किया जैसी अपने घर और अपने लोगों से बिछुड़ने पर होती है। अब तक वह दोस्तों के साथ था, उन लोगों के साथ जिन्होंने उसकी मदद की थी, उसका साथ दिया था, लेकिन अब उसे अकेले चलना होगा, किशन और देविंदर के बिना। कुछ ऐसा ही होता रहा था हमेशा।

उसने अपने फालतू कपड़े गूंगा को दे दिये, क्योंकि उन्हें साथ ले जाने का मन नहीं था उसका। उसने अपनी किताबें देविंदर के हवाले कर दीं।

'यहीं रहना, देविंदर,' उसने कहा, 'कम से कम मेरे वापस आने तक यहीं रहना। मैं चाहता हूं कि जब मैं लौटूं, तो तुम मुझे यहीं देहरा में मिलो।'

खुली खिड़की से आती हवा के झोंके में मोमबत्तियों की लौ फड़फड़ा उठी, जिससे दीवार पर बनते साये, जैसे छलांगें लगाने लगे, टेढ़ी-मेढ़ी शक्लें बनाने लगे। लेकिन देविंदर सीधा खड़ा रहा, और मोमबत्ती की रोशनी उसके चेहरे से खेलती रही।

'मैं हमेशा यहीं मिलूंगा, रस्टी,' वह बोला।

उत्तर की तरफ़ जाने वाली ट्रेन में भीड़ नहीं थी, क्योंकि दिसंबर में बहुत कम लोग पहाड़ों में जाते हैं। रस्टी को खाली कम्पार्टमेंट ढूंढने में ज़रा भी मुश्किल नहीं हुई।

उस कंपार्टमेंट में सिर्फ नीचे की दो सीट थीं। उनमें से एक पर लेट कर वह दूसरी तरफ़ की खिड़की के बाहर पटरियों के उस पार जल रही बत्तियां देखने लगा। उसकी आंख लग गयी, और तब खुली जब ट्रेन झटके-से चली।

खिड़की से बाहर देखने पर उसे प्लेटफ़ॉर्म पीछे छूटता दिखाई दिया, और कुली और खोमचे वालों की आवाज़ें धीमी पड़ती चली गयीं, और आख़िरकार पहियों और बोगी के हिलने से होने वाली आवाज़ों में दबकर गुम हो गयीं। शहर की जगमगाती बत्तियां दूर होती चली गयीं, टिमटिमाती हुई नज़र आने लगीं, और फिर उन्हें पेड़ निगल गये। इंजन जंगल के बीच से हांफता हुआ चला जा रहा था, और उसके धुएं के साथ ऊपर उठ रहे लाल अंगारे तारों की ओर पहुंचने की कोशिश करते नज़र आ रहे थे।

देहरा और हरिद्वार के बीच चार छोटे स्टेशन थे और ट्रेन चारों पर पांच-दस मिनट ठहरी। डोईवाला में किसी के खिड़की पीटने की आवाज़ से उसकी कच्ची नींद टूटी। बाहर अंधेरा था, इसलिये खिड़की के शीशे से चेहरा सटाए खड़े शख़्स को वह पहचान नहीं पाया। जब उसने दरवाज़ा खोला तो एक जाना-पहचाना सा लंबी टांगों वाला लड़का बोगी में घुसा और अंदर आते ही उसने झट-से दरवाज़ा बंद कर लिया। बैठने से पहले उसने स्टेशन की तरफ़ की सभी खिड़कियों के शटर गिरा दिये।

वह रस्टी के सामने वाली बर्थ पर बैठ गया और ट्रेन ने जैसे ही चलना शुरू किया वह बोला- 'हम फिर मिल गये। तुम मुझे पहचान नहीं रहे हो क्या? मैं सुधीर हूं। मैं तुमसे घंटाघर पर मिला था, देविंदर के साथ।'

रस्टी को पता नहीं था कि जो रुपये देविंदर ने उसे दिये थे, वह सुधीर से ही मिले थे, लेकिन उसे लफ़ंगे को पहचानते देर नहीं लगी।

'क्यों नहीं, मैं तुम्हें पहचानता हूं,' रस्टी ने कहा। 'अभी पल भर पहले जब मैंने तुम्हें अचानक अंधेरे में से आते देखा तो मुझे लगा कि तुम उनमें से हो जिससे मिले तो कम हैं, लेकिन जानते काफ़ी अच्छी तरह हैं। लेकिन तुम इस ट्रेन में कैसे?'

'मैं हरिद्वार जा रहा हूं,' सुधीर ने बताया, और उसके होठों के कोरों पर एक मुस्कान बिखर गयी। 'बस ये जान लो कि काम से जा रहा हूं। ज़्यादा कुछ मत पूछना।'

'फिर तुमने देहरा में ट्रेन क्यों नहीं पकड़ी?'

'क्योंकि मुझे समझ-बूझ से काम लेना था, मेरे दोस्त!' उसने जूतों से पैर निकाले और फैलाकर सामने वाली बर्थ पर रख लिये। 'और तुम इस वक़्त कहां जा रहे हो?'

'मैं एक दोस्त से मिलने पहाड़ पर जा रहा हूं।' रस्टी की समझ में नहीं आया कि उसे अपने सफर के बारे में सुधीर को बताना चाहिए या नहीं, लेकिन

यह कहने के बाद रस्टी ने सोचा कि जब देविंदर उसपर भरोसा करता है, तो फिर उसे बताने में कोई हर्ज नहीं है।

'और वापस कब लौटोगे ? मेरे ख़याल से लौटकर तो आओगे न ?'

'मुझे नहीं मालूम मैं क्या करूंगा। मैं एक बार खुद को लेखक बनने का मौका देना चाहता हूं, क्योंकि कौन जाने मैं कामयाब हो ही जाऊं। यही एक काम है जिसे मैं वाकई में करना चाहता हूं, अगर तुम इसे काम मानो तो।'

'हां, ये भी एक काम है। तुम असल में काम करना चाहते हो। जब हम अपने लिए काम करते हैं, तभी असल में हम काम कर रहे होते हैं। मैं अपनी आंखें, अपनी उंगलियां, और अपनी अकल इस्तेमाल करता हूं, लेकिन मेरी ज़िंदगी में कोई नियम-कायदे नहीं हैं और न ही रत्ती भर झिझक...'

'लेकिन मुझे लगता है, तुम्हारे भी उसूल हैं।'

'मुझे नहीं पता।'

'तुम्हारे पास भावनाएं हैं... तुम कुछ भी महसूस कर पाते हो ?'

'हां, लेकिन मैं उनपर ध्यान नहीं देता।'

'मैं ऐसा नहीं कर सकता।'

'तुम बहुत अच्छे हो ! तुम मेरे साथ रहना शुरू क्यों नहीं कर देते ? मेरे साथ रहोगे, तो पैसा, मौज-मस्ती और दोस्ती.... मेरी दोस्ती... तुम्हारे लिए कमी नहीं होने दूंगा।'

सुधीर आगे को झुका और रस्टी का हाथ अपने हाथ में ले लिया। उसके इस अंदाज़ में एक ईमानदारी थी, और एक चुनौती भी।

'चलो, आओ। मेरे साथ रहो। जिस दिन मैं तुमसे मिला था, तभी से चाहता था कि तुम मेरे साथ रहो। मैं चालबाज़ हूं, और असल में मेरे दोस्त हैं ही नहीं। मैं नहीं कहता कि तुम चालबाज़ बनो। बस इतना चाहता हूं कि मेरे दोस्त बनो।'

'मैं तुमसे दोस्ती करूंगा,' रस्टी को अचानक ही सुधीर अच्छा लगने लगा। वह तो यह भी कहने जा रहा था कि मैं भी चालबाज़ बनूंगा, लेकिन न जाने क्या सोचकर रुक गया।

'हरिद्वार पर क्यों नहीं उतर जाते ?'

'तुम मेरे साथ लैंसडाउन तक क्यों नहीं चलते ?'

'मुझे हरिद्वार में काम है।'

'और मुझे पहाड़ में।'

'इसीलिए तो दोस्ती बनाकर रखना इतना कठिन होता है।' सुधीर ने मुस्कराते

हुए कहा, और अपनी बर्थ पर पीछे सहारा लगाकर बैठ गया। 'चलो ठीक है, हम बाद में साथ हो जाएंगे। मैं तुम्हें पहाड़ में मिलूंगा। मेरा इंतज़ार करना, मुझे याद रखना, मुझे अपने मन से बाहर न निकाल देना।'

जब ट्रेन हरिद्वार के स्टेशन पर पहुंचने ही वाली थी, सुधीर उठा और दरवाज़े के पास खड़ा हो गया।

'मुझे अभी उतरना है,' वह बोला। 'तुमसे फिर मिलूंगा।'

और जैसे ही इंजन की रफ़्तार धीमी पड़ी, सुधीर ने बोगी का दरवाज़ा खोला और पटरियों के बराबर में कूद पड़ा।

रस्टी भौंचक्का रह गया, दरवाज़े की तरफ़ दौड़ा और चिल्लाया- 'तुम ठीक तो हो, सुधीर?'

'बस अपनी फ़िक्र करो! मज़े करो!' सुधीर की आवाज़ दूरी बढ़ने के साथ धीमी पड़ती जा रही थी।

एक सिगनल बॉक्स के पीछे होने की वजह से सुधीर दिखाई नहीं दे रहा था, और फिर ट्रेन स्टेशन पर पहुंची जहां खूब रोशनी थी, और खूब भीड़ भी, और तीर्थयात्री बोगी में चढ़ने लगे।

प्लेटफ़ॉर्म पर दो पुलिसवाले खिड़कियों से अंदर झांकते और लोगों से सवाल पूछते आये, और रस्टी के सामने वाली खिड़की पर भी रुके। उन्होंने उससे पूछा कि उसके साथ सफ़र में कोई और तो नहीं था, और उन्हें जिसकी तलाश थी, उसका हुलिया बताया तो वह हू-ब-हू सुधीर का हुलिया था।

'वह तो काफ़ी पीछे, डोईवाला में ही ट्रेन से उतर गया था,' रस्टी ने झूठ बोल दिया, 'लेकिन आपको उसकी तलाश किसलिए है?'

'उसने देहरा में सेठ के यहां से एक हज़ार रुपये चुराए हैं,' पुलिसवालों ने कहा, 'अगर तुम्हें वह फिर दिखाई दे, तो ज़ंजीर खींच देना।'

दो दिन बाद रस्टी हाथी के घर था, और बाहर ओसारे में बान से बुनी खाट पर बैठा था। खपरैल की छत और खेतों में बर्फ़ पड़ी हुई थी, लेकिन धूप गुनगुनी थी। दूर तक पहाड़ नज़र आते थे, आसमान तक, बादलों तक। रस्टी को लगा कि यही वह जगह है जो उसे अपनी-सी लगती है, पहाड़ियां, चीड़ और देवदार के जंगल, और निर्मल पहाड़ी धाराएं।

गांव में करीब तीस परिवार थे। मर्द ज़्यादा नहीं थे, और जो कुछ थे, वह या तो बूढ़े थे या बेकार। ज़्यादातर जवान लोग सेना में भर्ती हो गये थे, या मैदानी इलाकों में नौकरी करते थे, क्योंकि गांव में काम-धंधा मंदे से भी मंदा था। बाकी बचीं औरतें, तो वह कामकाज में लगी रहती थीं। वह पानी लातीं, घर साफ़ रखतीं, खाना बनातीं, और अब खेत जोतने की तैयारी में थीं। गांव के बूढ़े बस बैठे-बैठे हुक्का गुड़गुड़ाते और सुबह से ही गपशप शुरू कर देते थे।

लैंसडाउन के बस अड्डे से हाथी के गांव तक का सफ़र लंबा और तन्हा था। रस्टी तेज़ क़दमों से चला, क्योंकि बातें करने के लिए कोई नहीं था, और रास्ते में खाने-पीने का भी कोई चक्कर नहीं था। लेकिन उसे दूसरी तरफ़ से आता एक किसान मिला, जिसने अपना खाना रस्टी के साथ बांट कर खाया। किसान के पास कुल मिलाकर कुछ रोटियां और थोड़ी सी कटी हुई प्याज़ थी, लेकिन रस्टी भूखा था और उसने इस खाने का पूरा मज़ा लिया। खाना खाने के बाद दोनों ने एक दूसरे को अलविदा कहा, और अलग-अलग दिशाओं में अपने-अपने रास्ते चले गये।

शुरुआत में वह ज़मीन पर बिछी चीड़ की पत्तियों की फिसलनी बिछावन पर चलता रहा, फिर चीड़ की जगह बलूत और बुरांस ने ले ली। पेड़ों के साये में ठंडक थी, लेकिन रस्टी के करीब पंद्रह मील का सफ़र तय करने के बाद जंगल ख़त्म हो गया, और पहाड़ों पर नंगी चट्टानें दिखने लगीं जिनकी रंगत तांबे की सी थी। उसे प्यास लग रही थी, लेकिन वहां पीने को कुछ नहीं था। उसे अपनी ज़ुबान मोटी और इतनी सूखी लगने लगी जैसे उसपर रोंए उग आये हो, और होंठ हिलाना भी कठिन हो गया। वह सिर्फ़ इतना कर पा रहा था कि मशीनी तौर पर चलता जा रहा था, और उसे अपने आसपास का, यहां तक कि चलने का भी होश नहीं था। जब सूरज डूब गया, तो सूखी घास के बीच से फुसफुसाती ठंडी हवा बहने लगी। और जैसे-जैसे वह चढ़ाई चढ़ता गया, घास हरियाती गयी, पेड़ नज़र आने लगे, पहाड़ों के किनारों से निकलते पानी के सोते मिलने लगे और परिंदे रास्ता काटने लगे- चटक हरे तोते, गांवों में टका चोर के नाम से जानी जाने वाली ट्री पाई, और शाही बुलबुल या हुसैनी बुलबुल के नाम से मशहूर पैराडाइस फ़्लाईकैचर। उसके रास्ते के बराबर में नदी बहती थी, संकरी घाटी में उमड़-घुमड़कर तेज़ी से बहता पानी। हाथी के गांव पहुंचने के रास्ते में खड़ी चढ़ाई थी, और अंधेरा होने के साथ उसे तंग रास्ते पर बड़ी होशियारी के साथ चलना पड़ रहा था।

जब वह गांव के एक सिरे पर हाथी के घर की तरफ़ बढ़ रहा था, एक बड़ा-सा पहाड़ी कुत्ता आकर रस्टी पर झपटा और उसे गिरा दिया। रस्टी के उठते ही हाथी भी घर से निकलकर दौड़ता हुआ उसके पास आया उससे ऐसा लिपटा कि रस्टी दोबारा गिर पड़ा। फिर हाथी के घर में उसे गरम दूध पीने को दिया गया, और उसके बाद सोने के लिए नरम रज़ाई। रोशनदान से एक सितारा उसे आंख मार रहा था।

पीले रंग के ग्रेनाइट पत्थर का बना ठोस मकान था, और छत काले पत्थरों की खपरैल की। आंगन में संतरे का पेड़ था, जिसपर उन दिनों फल तो नहीं लगे थे, लेकिन पत्तियों से बड़ी मीठी महक आती थी। जब रस्टी ने चारों तरफ़ का जायज़ा लिया, तो हर तरफ़ नीले और सफ़ेद चोटियों वाले पहाड़ और घाटियों में भटकते बादल दिखाई दिये। घाटी में बने घरों से निकलता जलावनी लकड़ी का नीला-नीला धुआं हौले-हौले पहाड़ों पर चढ़ता और लोग जाड़े की गुनगुनी धूप का मज़ा लेते।

रस्टी और हाथी कभी-कभी नंगे पैर ही पहाड़ों में घूमने चले जाते। एक बार वह नदी के साथ-साथ ऊपर की तरफ़ कुछ मील आगे तक चले गये, तो वहां उन्हें पचास फ़ीट नीचे चिकनी चट्टानों पर गिरता झरना मिला। उस जगह जंगल घना और नमी से भरा था, और उन पहाड़ियों पर रात को भालू और तेंदुए घूमा करते थे। तेंदुओं को जब कोई और शिकार नहीं मिलता, तो वह गांव में घुसने से भी नहीं कतराते थे, और आवारा कुत्तों को उठा ले जाया करते थे।

शिकार पर निकले तेंदुए की पुकार एक बार रस्टी ने भी सुनी थी। शाम ढल रही थी और वह गांव के काफ़ी करीब था जब उसे आरी चलने सी गुर्राहट सुनायी पड़ी घुरघुराने और खांसने के बीच की-सी आवाज़। फिर दाहिने हाथ की तरफ़ दुबककर पेड़ों के बीच से निकलता तेंदुआ नज़र आया, एक फ़ुर्तीला काला साया...

गांव में सिर्फ़ एक ही दुकान थी, और वही डाकखाना भी था। वहां साबुन, जूते और ज़रूरत की कुछ चीज़ें मिल जाया करती थीं। जब रस्टी उधर से गुज़रा, तो दुकानदार ने एक पोस्टकार्ड हाथ में लेकर उसकी तरफ़ देखते हुए हिलाया। रस्टी को ताज्जुब हुआ कि उसके लिए ख़त किसने भेजा होगा।

उसे और भी ज़्यादा ताज्जुब तब हुआ जब उसने देखा कि वह पोस्टकार्ड सुधीर यानी लफ़ंगा का था। उसमें लिखा था— 'मुझे लैंसडाउन में मिलना। मुझे तुम्हारी चाची की ख़बर लगी है। मेरे पास अपने और तुम्हारे लिए पैसे हैं, और मुझे लगता है कि तुम्हारे ऊपर पैसे लगाना मुनाफ़े का सौदा है।'

रम और रसेदार सब्ज़ी

सुधीर और रस्टी एक दिन बहुत सवेरे लैंसडाउन से निकले, और जब वह कोटली के बांझ और देवदार के जंगलों तक पहुंचे, वह ठंड से कांप रहे थे।

'मैं इस तरह सफ़र करने का आदी नहीं हूं,' शिकायती लहजे से सुधीर बोला, 'अगर यह किसी ऐसी चीज की तलाश जैसा है जिसका मिलना नामुमकिन जैसा हो तो मैं तुम्हीं को कोसूंगा, रस्टी। कम से कम हमारे पास सवारी के लिए खच्चर तो होने चाहिये थे।'

'हमें जल्दी ही कोई गांव मिल जाएगा,' रस्टी ने दिलासा दिया, 'जहां हम रात बिता सकेंगे। और अगर इसे नामुमकिन की खोज ही मान लिया जाए तो भी इसके लिए तुम ज़िम्मेदार हो, क्योंकि तुम्हीं ने बताया था कि मेरी चाची यहीं कहीं रहती हैं। अगर वह इधर की तरफ़ नहीं रहती थीं, तो यह सारी तुम्हारी ग़लती मानी जाएगी, लफ़ंगे।'

कोटली के जंगल में बहुत कम रोशनी आती थी, क्योंकि बांझ और देवदार के पेड़ चांदनी को रोक लेते थे। सड़क पर काफ़ी नमी थी, और वह घोंघों से भरी पड़ी थी।

जंगल के बीच एक खुली-सी जगह कुछ झोपड़ियां देखकर उन्हें राहत मिली। सिर्फ़ एक ही घर में बत्ती जल रही थी। रस्टी ने वहां पहुंचकर बांझ की सख़्त लकड़ी का दरवाज़ा खटखटाया, और पुकारा– 'क्या अंदर कोई है ? हमें रात को ठहरने के लिए जगह चाहिए।'

'कौन है ?' एक घबरायी और बेचैन-सी आवाज़ सुनायी दी।

'हम यात्री हैं !' सुधीर ने जवाब दिया, 'हम थके और भूखे हैं, और हमारे पास कुछ भी नहीं है।'

'यह कोई धर्मशाला नहीं है।' घर के अंदर से उस आदमी ने बड़बड़ाया, 'यह तीर्थयात्रियों के ठहरने की जगह नहीं है।'

'हम तीर्थयात्री नहीं हैं,' सुधीर ने एक दूसरे ढंग से समझाते हुए कहा, 'हम रोड इंस्पेक्टर हैं, सरकारी कर्मचारी...इसलिए दरवाज़ा खोलो, मेरे दोस्त!'

दरवाज़ा खुलने से पहले उन्हें काफ़ी बड़बड़ सुनायी देती रही। एक बूढ़े और गंदे से आदमी ने दरवाज़ा खोला जिसकी दाढ़ी बढ़ी हुई थी, पैरों पर मस्से थे और उसके कपड़े बहुत मैले थे।

'तुम लोग कहां से आये हो,' उसने इस अंदाज़ में पूछा जैसे उसे उनपर शक हो।

'लैंसडाउन,' रस्टी ने बताया।

'हम सुबह से बीस मील चल चुके हैं। क्या हम तुम्हारे घर सो सकते हैं?'

'मैं कैसे जानूंगा कि तुम चोर नहीं हो?' उस बूढ़े ने पूछा, जबकि वह खुद कोई बहुत ईमानदार नहीं लग रहा था।

'अगर हम चोर होते,' सुधीर ने उतावलेपन से कहा, 'तो हम यहां खड़े होकर तुमसे बात नहीं कर रहे होते। हम तुम्हारा गला काटते और गिद्धों के आगे फेंक देते, और तुम्हारी खूबसूरत बेटी को उठा ले जाते।'

'यहां मेरी कोई बेटी नहीं है।'

'अफ़सोस...! चलो छोड़ो।'

'मैं और मेरा दोस्त आज रात तुम्हारे घर में सोएंगे। हम जंगल में तो सोएंगे नहीं।'

सुधीर तेज़ क़दमों से कमरे में घुस गया। वहां रोशनी थी, लेकिन अपनी नाक पकड़कर उलटे पांव बाहर आ गया।

'यहां तुमने किस मरे जानवर को रखा हुआ है?' उसने पूछा।

'यह भेड़ की खाल हैं, इन्हें पकाना है।' बूढ़े ने कहा, 'इसमें क्या दिक्कत है?'

'नहीं, कुछ भी नहीं।' सुधीर बोला, ताकि मेज़बान की भावनाओं को इतनी जल्दी ठेस न पहुंचे, लेकिन रस्टी को एक तरफ़ ले जाकर उसने उसके कान में फुसफुसाया, 'ऐसी बुरी सड़ांध आ रही है, कि मुझे तो शक है कि हम सुबह तक ज़िंदा भी रह पाएंगे।'

वह मेज़ से टकराए, और रस्टी ने अपनी गठरी ज़मीन पर रख दी। कमरे

की दीवारों पर टंगी भेड़ और हिरनों की फ़टेहाल खालों के सिवा वहां कुछ भी नहीं था। कमरे के एक कोने में आग सुलग रही थी। सुधीर और रस्टी उसके जितना नज़दीक जा सकते थे बैठ गये, और हाथ-पैर सेंकने लगे।

बुड्ढा भी वहीं उकडूं बैठ गया और घुसपैठियों को शक की निगाहों से ताकने लगा। सुधीर ने उसकी तरफ़ देखा, फिर रस्टी की तरफ़ और कंधे उचका दिये।

'तुम्हारा नाम क्या है?' रस्टी ने पूछा।

'रामसिंह,' बूढ़े ने भिनक कर कहा।

'अच्छा... रामसिंह, हमें पनाह देने वाले रामसिंह...', सुधीर बोला, 'क्या आप खाना खा चुके हैं?'

'मैं तो सुबह खाना खाता हूं,' रामसिंह ने जवाब दिया।

'और शाम को?' सुधीर ने उम्मीद बांधते हुए कहा।

'दिन में एक बार से ज़्यादा खाने की ज़रूरत नहीं होती।'

'आप जैसे बुज़ुर्ग के लिए शायद यह ठीक होगा, लेकिन हमारी रगों में खून है। क्या खाने के लिए कुछ भी नहीं है? आपके यहां कुछ रोटी और सब्ज़ी तो ज़रूर होगी?'

'मेरे पास कुछ नहीं है,' बूढ़े ने बताया।

'ठीक है, फिर तो हमें सुबह तक इंतज़ार करना होगा।'

'रस्टी, कंबल और रम की बोतल निकाल!'

रस्टी ने अपने थैले में से कंबल निकाला और उसकी तह में से रम की बोतल निकल आयी। रामसिंह की आंखें फैल गयीं, जान में जान आ गयी।

'ये क्या तुम्हारे पास कोई दवा है?' बूढ़ा बोला, 'मैं पिछले एक महीने से सिर के दर्द से परेशान हूं।'

'देखो, फिर तो इससे तुम्हारा सिरदर्द और बढ़ जाएगा,' सुधीर ने रम का घूंट भरते हुए कहा, और फिर अपने होंठों पर ज़बान फेरी।

'इसके अलावा, जो लोग दिन में एक ही बार खाते हैं, उनके लिए यह चीज़ ख़तरनाक है।'

'कुछ खाने का इंतज़ाम भी हो सकता है,' बुड्ढे ने कहा। उसके कहने में एक उतावलापन झलक रहा था।

'तुम तो कह रहे थे कि तुम्हारे पास कुछ भी नहीं है,' रस्टी ने कहा, और सुधीर के हाथ से बोतल लेकर अपने होंठों से लगा ली।

'छत पर कुछ कद्दू पड़े हैं,' बूढ़े ने कहा, 'और मेरे पास कुछ आलू और थोड़े मसाले हैं। क्या मैं सब्ज़ी बना दूं?'

और घंटे भर बाद रम और सब्ज़ी ने उनके अंदर गर्मी पैदा कर दी और वह जश्न मनाने वाले अंदाज़ में आग को घेरकर बैठ गये। रस्टी और सुधीर ने अपना इकलौता कंबल कंधों पर डाल रखा था, और रामसिंह ने भेड़ की खाल ओढ़ ली थी। वह उनसे शहरों की ज़िंदगी के बारे में सवाल पूछने लगा। ऐसी ज़िंदगी जो उसके लिए दूसरी दुनिया की चीज़ थी।

'तुम लोग दुनियादारी जानते हो,' रामसिंह ने कहा, 'तुम लोग हिंदुस्तान के तमाम शहरों में घूमे होगे, और तुम्हें पता होगा कि कैसे-कैसे आदमी-औरत होते हैं। मैं लैंसडाउन से आगे कहीं नहीं गया हूं, और न ही मैंने रेलगाड़ी और जहाज़ देखे हैं, लेकिन उनके बारे में सुना खूब है। मैं सत्तर साल का हो चुका हूं, और अब तक ये चीज़ें नहीं देखी हैं। जबकि मेरे बेटे हैं, जो कि कई सालों से बाहर हैं, और एक तो अपनी रेजिमेंट के साथ हिंदुस्तान से बाहर भी गया है। मैं तुम लोगों से सलाह लेना चाहता हूं। यहां अकेले रहने में बड़ा अकेलापन महसूस होता है। जबकि मेरी तीन बीवियां थीं, लेकिन सब मर चुकी हैं।'

'अगर तुम्हारी तीन बीवियां थीं, तो फिर तो तुम दुनियादारी जानते हो!'

बूढ़े ने पीठ दीवार पर टिकाई और पैर आग की तरफ़ पसार दिये। रस्टी आधा सोया आधा जागा-सा था, और उसका सिर सुधीर के कंधों पर टिका था।

'मेरी सभी बेटियों की शादी हो चुकी है,' रामसिंह ने बोलना जारी रखा- 'मैं फिर से शादी करना चाहता हूं, लेकिन तुम मुझे ये बताओ कि इसके लिए मुझे क्या करना चाहिए?'

सुधीर ने ज़ोर का ठहाका लगाया। बूढ़ा अपनी जवानी के दिनों में लफ़ंगे से कम शातिर बदमाश नहीं रहा होगा।

'ज़ाहिर है, तुम्हें इसके लिए कुछ खर्च करना होगा,' सुधीर ने कहा।

'अब मुझे एक अच्छी-सी औरत के बारे में बताओ...जवान तो होनी ही चाहिए। उसकी नाक—उसकी नाक कैसी होनी चाहिए?'

'चपटी नाक,' बिलकुल भी मुस्कराए बिना सुधीर बोलता रहा- 'खुले-खुले नथुने नहीं दिखाई देने चाहिये।'

'और हां! उसके बदन की बनावट?' बूढ़े ने पूछा।

'मर्दानी-सी न लगती हो। चालबाज़ न हो। इतनी भी उम्मीद न करो, बुढ़ऊ!'

'उसका सिर?' बूढ़े ने उतावलेपन से पूछा, 'उसका सिर कैसा होना चाहिए?'

सुधीर कुछ पल के लिए सोचने लगा, फिर बोला—'सिर गंजा नहीं होना चाहिए।'

रामसिंह ने सिर हिलाकर हामी भरी। सुधीर उसकी नज़रों में तेज़ी से ऊपर उठता जा रहा था।

'और उसका रंग, गोरा होना चाहिए?' रामसिंह ने पूछा।

'नहीं, ज़्यादा गोरा भी नहीं।' सुधीर बोला।

'काला?' रामसिंह ने पूछा।

'इतना काला भी नहीं। लेकिन उसके बदन से बदबू आनी ज़रूरी है, वरना वह तुम्हारे साथ नहीं रह पायेगी। छोड़कर चली जाएगी।'

रात के पहले पहर में एक भालू ने उनकी नींद हराम कर दी। वह छत पर चढ़ गया और बुड्ढे के कद्दू सफाचट कर डाले।

'क्या वह अंदर भी आ सकता है?'

'यह हर रात आता है,' रामसिंह ने बताया, 'लेकिन यह शाकाहारी है, सिर्फ़ कद्दू खाता है।

एक कद्दू छत से फिसला और धम से ज़मीन पर आकर गिरा। फिर भालू छत से नीचे उतरा और पैर घसीटता जंगल की तरफ़ भाग गया।

आग धीमी पड़ चुकी थी, लेकिन सुधीर और रस्टी कंबल के अंदर गर्माहट का मज़ा ले रहे थे, और थके इतने थे कि खटमलों की पूरी फौज़ उन्हें जगाये रखने की कोशिश में लगी रही, पर उन्हें जल्दी ही नींद आ गयी।

किसी के ज़ोर से चिल्लाने की आवाज़ से उनकी नींद टूटी, तो उन्होंने देखा कि लालटेन जल रही है, और बुड्ढे को दौरा पड़ा है।

रामसिंह कमरे में छलांगें लगा रहा था, हाथों को लहरा रहा था। उसका शरीर ऐंठ रहा था, और उसके गले की गहराई से गरारे लेने जैसी आवाज़ें निकल रही थीं।

'क्या मामला है?' रस्टी ने कंबल के अंदर से ही चिल्लाकर पूछा, 'क्या तुम पागल हो गये हो?'

जवाब में बूढ़ा घुरघुराया और चीखा और अपनी धुन में नाचता रहा।

'प्रेतात्मा! मेरे अंदर प्रेतात्मा प्रवेश कर गयी है!'

सुधीर उठकर खड़ा हो गया। उसने पहाड़ के कुछ लोगों के अंधविश्वास के बारे में सुन रखा था, कि वह आत्माओं को मानते हैं, लेकिन उसने कभी नहीं सोचा था कि उसे ऐसा नज़ारा भी देखने को मिलेगा।

'यह सब उस दवा की वजह से हुआ जो तुमने मुझे दी थी!' रामसिंह ने ज़ोर से कहा, 'वह दवा अशुभ है... और ये सब तुम्हारा किया-धरा है!' और कमरे में उछल-उछल कर नाचना उसने जारी रखा।

'तो क्या मैं उस दवा को फेंक दूं?' सुधीर ने पूछा।

'नहीं, ऐसा न करना!' रामसिंह चिल्लाया। और उस वक़्त पल भर के लिए वह ठीक-ठाक लगने लगा, 'खुद को ज़मीन पर डाल दो!'

सुधीर फ़र्श पर फैल गया।

'पीठ के बल लेटो!' बुड्ढे ने हांफते हुए कहा।

सुधीर पीठ के बल लेट गया। रस्टी ने एक कोने से कंबल को थोड़ा-सा खोल लिया था और खूब दिलचस्पी लेकर सब कुछ देख रहा था।

'अपना बायां पैर उठाओ, और उसे मुंह के अंदर ले लो। इससे प्रेतात्मा भाग जाएगी।' बुड्ढे ने कहा।

'मैं अपना पैर मुंह में नहीं डालूंगा,' सुधीर ने खड़े होते और बुड्ढे को पड़े दौरे और उसकी सच्चाई पर से विश्वास खोते हुए कहा। 'मुझे नहीं लगता कि तुम्हारे अंदर कोई प्रेतात्मा वग़ैरह है। गड़बड़ी शायद तुम्हारी सब्ज़ी में रही होगी। थोड़ी सी और पी लो, और तुम बिलकुल ठीक हो जाओगे।'

उसने रम की खाली बोतल निकाली, और बूढ़े से मुंह खोलने को कहा, और बोतल में जो भी कुछ थोड़ी सी बूंदें बची थीं, उन्हें उसके मुंह में उंड़ेल दिया।

गले में सनसनाहट से रामसिंह का दम घुटने लगा, और उसने ज़ोर से सिर हिलाया, और सुधीर को देखकर बनावटी हँसी हँसी। 'प्रेतात्मा चली गयी,' वह बोला।

'मुझे यह जानकर अच्छा लगा,' सुधीर बोला, 'लेकिन तुम्हारी वजह से बोतल खाली हो गयी। चलो, अब हमें फिर से सोने की कोशिश करनी चाहिए।'

अब कंबल से भी ठंड नहीं रुक रही थी, और रस्टी के लिए सोना मुश्किल होने लगा। इसलिए वह सफ़र के मकसद के बारे में सोचने लगा, और सोचने लगा कि देहरा में ही बने रहने में ज़्यादा समझदारी नहीं थी। बाहर, हवा ठहरी-

सी थी और चीड़ के बीच से गुज़रती हवा की सीटियां भी नहीं सुनायी दे रही थीं। सिर्फ एक सियार कहीं दूर हुआं-हुआं कर रहा था। बूढ़ा अपनी भेड़ की खालों पर करवटें बदल रहा था।

'रामसिंह,' रस्टी फुसफुसाया, 'क्या तुम जाग रहे हो?'

रामसिंह धीरे-से कराहा।

'ज़रा मुझे बताओ,' रस्टी ने पूछा, 'क्या इस इलाके में अकेली रहने वाली एक औरत के बारे में तुमने सुना है?'

'बूढ़ी औरतें यहां बहुत रहती हैं।'

'नहीं, मेरा मतलब है, ठीक-ठाक पैसे वाली औरत। वह चालीस साल के आसपास होगी। और कभी एक गोरे साहब उसके पति हुआ करते थे।'

'अरे हां, मैंने सुना तो है एक ऐसी औरत के बारे में...लोगों ने यह भी बताया था कि अपनी जवानी में वह बड़ी खूबसूरत थी।'

रस्टी चुप हो गया। और सवाल नहीं पूछना चाहता था, इसलिए, कि उसे कहीं ज़रूरत से ज़्यादा कुछ न पता चल जाये, वक्त से पहले यह न पता चल जाये कि उसके लिए कुछ नहीं बचा है, और उसके लिए जाने वाली कोई जगह ही न बचे।

'रामसिंह,' उसने फुसफुसाकर पूछा, 'यह औरत कहां रहती है?'

'उसका घर ऋषिकेश के रास्ते में पड़ता है...'

'और वह औरत, वह कहां है? कहीं मर तो नहीं चुकी है?'

'मुझे नहीं पता, उसके बारे में हाल में कुछ सुना तो नहीं,' रामसिंह बोला, 'लेकिन तुम उसके बारे में क्यों पूछ रहे हो? कहीं तुम उसके अंग्रेज़ साहब के रिश्तेदार तो नहीं?'

'नहीं, बस मैंने उसके बारे में सुना है,' रस्टी ने जवाब दिया।

फिर सन्नाटा छा गया। बूढ़ा न जाने क्या बुदबुदाया और कुछ ही देर में उसके खर्राटे सुनाई देने लगे। सियार अपनी हुआं हुआं बंद कर चुका था, हवा फिर से सीटी बजाकर चलने लगी थी, और चांद कहीं बादलों के बीच खो गया था। रस्टी ने महसूस किया कि उसका हाथ सुधीर के हाथ में था, और उसने उसकी उंगलियां दबायीं। रस्टी को उसे जागता पा कर ताज्जुब हुआ।

'भूल जाओ,' सुधीर ने कहा, 'बीती बातों को, बीते दिनों को भूल जाओ। अपने दिल को और तकलीफ़ मत पहुंचाओ। मेरे पास इतना है...हम दोनों के लिए

काफ़ी है। इसलिए जब तक चलता है, तब तक हम खुश रहें, मेरे दोस्त, रस्टी, हम मस्त रहें...'

रस्टी ने कोई जवाब नहीं दिया, लेकिन लफ़ंगा का हाथ पकड़े रहा और यह जताने के लिए कि वह उसकी बातें सुन रहा है, उसने लफ़ंगा का हाथ धीरे से दबाया।

'यह तो बस शुरुआत है,' सुधीर ने कहा, 'दुनिया हमारा इंतज़ार कर रही है।'

रस्टी पहले जागा, अपनी टांगों को खुजाता, रगड़ता। रोशनदान की तरफ़ देखा तो सुबह की पहली झलक मिली। उसने कपड़े पहने और फटे मोज़े चढ़ा लिये, और सुधीर या बुड्ढे को जगाये बिना कुंडी खोलकर बाहर निकल गया।

बाहर हर तरफ़ फैली सफ़ेदी ने उसका स्वागत किया।

जब वह सो रहे थे, तब बर्फ़ पड़ी थी। बर्फ़ की मोटी चादर ज़मीन पर बिछी थी। और पहाड़ियों के ढलानों पर भी बर्फ़ के गलीचे बिछ गये थे। हवा की सांस थम गयी थी, चीड़ के पेड़ बुत-से खड़े थे, और जंगल और पहाड़ में गहरा सन्नाटा छाया था।

रस्टी ने किसी को जगाया नहीं। वह इस सब को अकेले ही समेट लेना चाहता था- बर्फ़ और सन्नाटा और सूरज का निकलना...

पूरब में जहां ज़मीन और आसमान मिलते थे, वहां आसमान लाल हो रहा था, और कुछ ही देर में सूरज पहाड़ियों के ऊपर आ गया और धूप बर्फ़ को सहलाने लगी। रस्टी दौड़कर पहाड़ी की चोटी पर चढ़ गया और चकाचौंध करने वाली धूप से आंखों पर हाथ की आड़ करके खड़ा हो गया। दूर तक फैले पहाड़ों पर नज़र दौड़ाई। सफ़ेद पहाड़ों के बीच से बहती आ रही धारा के गहरे रंग की वजह से ऐसा लग रहा था जैसे वह पानी नहीं तेल की धार हो। वह दौड़ता हुआ घर वापस आया, और सुधीर को हिलाते हुए चिल्लाया-'उठो! उठो और बाहर चलो!'

'क्यों, क्या तुम्हें अपना ख़ज़ाना मिल गया है?' सुधीर ने सोयी सी आवाज़ में पूछा, 'या फिर बुड्ढे को फिर से दौरा पड़ा है?'

'उससे भी बड़ी बात है- बर्फ़ पड़ी है!'

'तब तो मैं बिलकुल भी बाहर नहीं निकलने वाला,' सुधीर ने कहा, और करवट बदलकर फिर सो गया।

हुक्केवाली

पेड़ों के बीच से आगे बढ़ते हुए जैसे ही रस्टी की नज़र मकान पर पड़ी, वह समझ गया कि उन्हें इसी जगह की तलाश थी। मकान देखने से ही पता चल रहा था कि उसे किसी अंग्रेज़ ने बनवाया था। वैसा ही बड़ा-सा बरामदा और नालीदार टीन की ढलान वाली छत, देहरा के उस मकान की तरह जहां वह पला-बढ़ा था। एक छोटी-सी गोल पहाड़ी पर बना वह मकान सेब और अलूचों के बागों से घिरा था।

'यही जगह होगी,' सुधीर ने कहा, 'क्या हम सीधे अंदर घुसते चले जायें?'

'वैसे, फाटक तो खुला है,' रस्टी बोला।

वह फाटक से अंदर घुसे ही थे कि एक बड़ा-सा भोटिया कुत्ता घर के आगे वाले बरामदे में आ गया। वह भौंका नहीं, लेकिन गहरी-सी गुर्राहट की आवाज़ उसके गले में घरघरायी, जो भौंकने से कहीं ज़्यादा बड़ी अनहोनी का इशारा थी। कुत्ता सीढ़ियों से उतरकर कुलांचे मारता सीधे फाटक की तरफ बढ़ा, तो सुधीर और रस्टी फर्राटे से वापस भागे, और ऐसे भागे कि उनके भागने में थकान का नामोनिशां नहीं नज़र आता था। कुत्ता फाटक पर ठहर गया, लेकिन पहले की तरह गुर्राता रहा।

एक छोटा लड़का, जो घर का नौकर लग रहा था, बरामदे में आया और ज़ोर से चिल्लाया। बोला- 'कौन है? क्या चाहिए?'

'यहां जो महिला रहती हैं, हम उनसे मिलने आये हैं,' उसने जवाब दिया।

'वह आराम कर रही हैं,' लड़के ने कहा, 'वह अभी किसी से नहीं मिल सकतीं।'

'हम देहरा से इतना लंबा रास्ता तय करके आये हैं,' सुधीर ने बताया, 'मेरा दोस्त उनका रिश्तेदार है। उन्हें बता दो, तो वह मिल लेंगी।'

'वह यह विश्वास नहीं कर पायेंगी,' रस्टी ने झुंझलाकर कहा।

उन्हें शक की निगाहों से देखता हुआ लड़का घर के अंदर चला गया, और पांच मिनट बाद जब फिर बरामदे में दिखाई दिया, तो उसने कुत्ते को अंदर बुला लिया और उसके गले में ज़ंजीर डालकर रेलिंग से बांध दिया। फिर उसने रस्टी और सुधीर को अपने पीछे आने के लिए कहा। वह होशियारी से अंदर गये।

उस गोरे लड़के की आंखें तेज़ थीं, और कुछ पल आंखों ही आंखों में उन्हें तोलने के बाद बोला- 'वह घर के पीछे की तरफ़ हैं... मेरे साथ आओ।'

पक्की पगडंडी पर चलते हुए घर का चक्कर लगा कर वह एक दूसरे बरामदे में पहुंचे जहां से पहाड़ दिखते थे। रस्टी ने पहले वहां का नज़ारा देखा, और पहाड़ों से अपनी निगाहें तब हटायीं जब सुधीर ने उसकी कमीज़ की बाजू खींची। उसने बरामदे में देखा, तो पहले वहां कुछ नहीं दिखाई दिया क्योंकि वहां बाहर के मुकाबले कम रोशनी थी। जब वह साये में आ गया तब कहीं वह देख पाया- एक महिला जो सफ़ेद साड़ी पहने बान से बुनी खाट पर लेटी थी। एक शानदार हुक्का उनके सामने रखा था, जिसका पाइप मोड़ा जा सकता था, ताकि उसे सहूलियत के हिसाब से इस्तेमाल किया जा सके।

रस्टी को लगता था कि वह काफ़ी उम्रदार लगती होंगी, लेकिन उन्हें इतना जवान पाकर वह हैरान रह गया। उसकी चाची पैंतीस साल से ज़्यादा की नहीं लगती थीं। थीं वह दरअसल चालीस की। अपने पिता के साथ के पेटिग्रू साहब से मुलाकात के बाद उसने सोचा था कि उसकी चाची बड़ी उम्र की होंगी। लेकिन अब उसे याद आया कि वह उसके पिता के छोटे भाई की बीवी थीं। वह पहाड़ के ज़्यादा ऊंचाई वाले इलाके के गांव की थीं, और उनके साफ रंग, लंबे-काले बाल और हुक्का पीने की आदत के पीछे भी यही वजह थी। शरीर से वह काफ़ी सेहतमंद लग रही थीं, और हालांकि उनके चेहरे पर औरतों जैसी कोमलता की कमी थी, लेकिन वह बड़ी सुंदर लग रही थीं।

'आओ, बैठो,' वह बोली। रस्टी और सुधीर ने पाया कि जब वह उन्हें देख रहे थे, उसी बीच में उनके लिए कुर्सियां आ गयीं थीं, और वह उनमें धंस गये। लड़का जल्दी से घर के अंदर चला गया।

'तुम मुझसे मिलने के लिए इतनी दूर से आये हो,' वह बोलीं, 'तो कोई ज़रूरी बात होगी।' और उन्होंने रस्टी के बाद सुधीर की तरफ़ नज़र डाली, और फिर रस्टी की ओर देख वह यह जानने के लिए बेचैन थीं कि उनमें से किसका उनसे वास्ता था। उन्होंने अपनी आंखें रस्टी पर टिकायीं और पूछा, 'तुम अंग्रेज़ हो? हो न?'

'आधा,' रस्टी ने बताया, 'मैं आपसे इसलिए मिलने आया हूं क्योंकि आप मेरे पिताजी को जानती थीं, और मुझे पता चला कि मैं आपसे मिल सकता हूं...' रस्टी को ठीक से समझ में नहीं आ रहा था कि क्या कहे और कैसे कहे।

'तुम्हारे पिता?' वह रस्टी को उनके बारे में कुछ और बताने के लिए उकसाते हुए बोलीं, और रस्टी उनकी आंखों से समझ गया कि वह भी दिलचस्पी ले रही हैं। 'कौन हैं तुम्हारे पिता?'

'उनकी तो तभी मौत हो चुकी, जब मैं बहुत छोटा था।' और जब उसने उन्हें अपने पिता का नाम बताया, उन्होंने हुक्का अपने आगे से हटाते हुए आगे को झुक कर लड़कों को ख़ूब ग़ौर से देखा। 'तुम उनके बेटे हो, तो...'

रस्टी ने सिर हिलाकर हामी भरी।

'हां, तुम उनके बेटे हो। तुम्हारी आंखें, नाक और माथा उनसे मिलता है। अगर यहां इतनी कम रोशनी न होती, तो मैं तो तुम्हें देखते ही यह बात जान जाती।' फिर उन्होंने बेहद फ़ुर्ती से उठकर बरामदे के एक हिस्से में पड़े पर्दों को एक तरफ़ खींचा, जिससे रस्टी और हैरत में पड़ गया। सूरज की रोशनी में उनकी रंगत और निखरी नज़र आ रही थी।

'अरे, तुम तो अभी बच्चे हो!' उन्होंने लाड़ जताते हुए कहा।

'तुम सोलह-सत्रह साल के होगे... मुझे तो सिर्फ़ तब की याद है जब तुम छोटे-से थे, जिसे मसूरी के माल रोड पर इधर से उधर घुमाया जाता था, चौदह-पंद्रह साल पहले...'

यह कहने के साथ उन्होंने अपने हाथ अपने ही गालों पर रख लिये, जैसे वह अपनी बढ़ती उम्र की रेखाओं को महसूस कर रही हों। लेकिन उनके गाल अब भी चिकने थे। उनकी जवानी ने अभी उनका साथ नहीं छोड़ा था। पहाड़ पर रहने, ख़ुद के बच्चे न होने, और शायद सब कुछ जरूरत-भर लेकिन ज़रूरत से ज़्यादा कुछ भी न होने की वजह से ऐसा था।

'मैं आपके पास इसलिए आया, क्योंकि आप मेरे पिता को अच्छी तरह

जानती हैं।' वह अब भी बैठे थे, और सुधीर की लंबी टांगें बरामदे की चौड़ाई भर में पसरी हुई थीं। रस्टी अपनी चाची की खाट के बगल में बैठा रहा।

'मैं चाहती हूं कि काश तुम्हारे पिता की कोई चीज़ होती जो मैं तुम्हें दे पाती।' वह बोलीं।

'वह कोई बड़ी रक़म नहीं छोड़ गये थे। मैं तुम्हें अपने पास रख लेती, लेकिन मुझे बताया गया कि तुम्हारी देखभाल करने के लिए तुम्हारे पिता के कोई रिश्तेदार हैं। तुम अच्छे लोगों के साथ रहे होगे, लेकिन अपने पति की मौत के बाद मैंने तुम्हारी ख़बर लेने की कोशिश की, पर क्योंकि मैं शहर से काफ़ी दूरी पर रहती हूं, और मुझे पता नहीं चल पाता कि कहां क्या हो रहा है। मैं अब अकेली हूं, लेकिन मुझे कोई फ़र्क नहीं पड़ता। तुम्हारे चाचा यह घर और इसके आसपास की ज़मीन छोड़ गये थे। और मेरे पास यह कुत्ता है।' वह उस बड़े-से कुत्ते पर हाथ फेरने लगीं, जो पूरे भक्तिभाव से उनके बगल में बैठा था। 'और मेरे पास एक लड़का है। अच्छा लड़का है, और मेरी बड़ी अच्छी तरह देखभाल करता है। रस्टी, तुम हमारे साथ आकर रहो, तो अच्छा लगेगा।'

'नहीं, मैं यहां इसलिए नहीं आया। वैसे, आपकी बड़ी मेहरबानी, लेकिन मैं किसी पर बोझ नहीं बनना चाहता।'

'तुम कोई बोझ थोड़े ही हो, और अगर होते भी तो भी कोई फ़र्क नहीं पड़ता।' उन्होंने उदासी से सिर हिलाते हुए कहा। 'उन्हें कैसे पता चलता? वह तो एक दिन पहले तक भले-चंगे थे, और दूसरे दिन चल बसे। लेकिन यह सब सोचकर हमें खुद को दुखी नहीं करना चाहिए। चलो, अब मुझे अपने इस लंबे दोस्त के बारे में बताओ, और यह बताओ कि आगे क्या करना चाहते हो, और यहां से कहां जाओगे। अब बहुत देर हो चुकी है, और तुम्हें हमारे साथ खाना खाकर यहीं ठहरना चाहिए। अगर तुम ऋषिकेश जा रहे हो, तो वहां पहुंचने में तुम्हें पूरा एक दिन लगेगा। मेरे पास कई परिवारों को ठहराने का इंतज़ाम है, काफ़ी कमरे और बिस्तर हैं।'

शाम के धुंधलके में सब साथ बैठे थे, और रस्टी ने अपनी चाची को अपने अभिभावक के साथ हुई लड़ाई, किशन और देविंदर और सुधीर यानी लफ़ंगे के साथ अपनी दोस्ती के बारे में बताया। जब अंधेरा हो गया, उसकी चाची ने अपने

कंधों पर शॉल डाला और उन्हें अंदर ले गयीं, और, वह लड़का, विष्णु उनके लिए पीतल की थालियों में खाना परोस कर लाया, जिसे उन्होंने ज़मीन पर बैठकर खाया। बाद में, वह करीब घंटे भर तक बातें करते रहे। और लफ़ंगा ने भी एक ऐसी औरत को ख़ूब सराहा जिसने अकेले रहते हुए भी अकेलेपन और उदासी को पास नहीं फटकने दिया।

रस्टी ने हुक्का पीने की कोशिश की, लेकिन उससे रस्टी के सिर में तेज़ दर्द हो गया, और जब वह बिस्तर पर लेटा, तो उसे नींद भी नहीं आयी। सुधीर ने खर्राटे भरने शुरू किये। हर खर्राटे पर उसकी लय और गूंज का ज़ोर पकड़ना उसे उस पपीहे की याद दिलाता था, जिसकी पुकार वह अकसर देहरा में सुना करता था।

रस्टी ने बिस्तर छोड़ा और बरामदे में चला गया। पेड़ों के बीच से चांद दिखाई दे रहा था, और वह बरामदे से फाटक तक जाने वाली पगडंडी पर चला गया जहां पेड़ से गिरे सेब पड़े सड़ रहे थे। जब वह फाटक से वापस घर की तरफ चलने के लिए मुड़ा, तो उसने देखा कि बरामदे में कोई खड़ा है। क्या वह कोई भूत हो सकता है? नहीं, वह तो उसकी चाची थीं, जो सफ़ेद साड़ी पहने खड़ी उसे देख रही थीं।

जब वह नज़दीक आया तो उन्होंने पूछा—'क्या बात है रस्टी, तुम इस वक़्त इधर-उधर क्यों घूम रहे हो? जब मैंने तुम्हें देखा तो सोचा कि कोई भूत है। और मैं डर गयी, क्योंकि मैंने बरसों से कोई भूत नहीं देखा था।'

'मैंने तो आज तक भूत नहीं देखा है,' रस्टी ने कहा, 'भूत आख़िर होते कैसे हैं?'

'ओह, बुरी औरतों की आत्मा होती हैं, और उनके पैर पीछे को मुड़े होते हैं। उन्हें चुड़ैल भी कहते हैं। और भी तरह के भूत होते हैं। लेकिन तुम अंदर क्यों नहीं आते?'

'मेरे सिर में दर्द है, और मुझे नींद नहीं आ रही थी।'

'ठीक है। आओ और मुझसे बातें करो,' और वह रस्टी का हाथ पकड़कर उसे अपने कमरे में ले गयीं, जहां चांद की रोशनी आ रही थी, और उसे नीचे लिटा दिया। फिर उन्होंने उसका सिर पकड़ लिया और अपनी मज़बूत और ठंडी उंगलियों से उसका सिर दबाने लगीं। उन्होंने कहानी सुनानी शुरू की, लेकिन उनकी उंगलियों में ज़बान के मुकाबले ज़्यादा जान थी, और कहानी ख़त्म होने से पहले रस्टी को नींद आ गयी।

अगली सुबह, जब सुधीर देर तक सोया पड़ा था, उन्होंने रस्टी को घर और आसपास की जगह घुमाया।

जब वह वापस अंदर आ गये, तो वह बोलीं- 'मेरे पास तुम्हारी कुछ किताबें हैं। अब उनमें कुछ के लिहाज से तो तुम ज़्यादा बड़े हो चुके हो, लेकिन तुम्हारे पिता ने मुझसे उन्हें तुम्हारे लिए रखने को कहा था। खासतौर पर *एलिस इन वंडरलैंड।* पता नहीं क्यों उस किताब को लेकर वह कुछ ज़्यादा ज़ोर दे रहे थे।'

उन्होंने किताबें बाहर निकालीं, और उनके जिल्द देखते ही उसके बचपन की दुनिया वापस लौट आयी- कटहल के पेड़ के साये में अलसायी दोपहरियों को डालों पर गिलहरियों और नीलकंठ का शोर मचाना याद आ गया।

जब वह पहले-पहल रस्टी के हाथ लगीं, अलमारी में रखी दादाजी की किताबों को बरसों से किसी ने हाथ नहीं लगाया था। *ऐलिस इन वंडरलैंड* और *ट्रेज़र आइलैंड* और *मिस्टर मिडशिपमैन ईज़ी* वैसे दादाजी की थीं, फिर उसके पिता को मिलीं, और आख़िरकार उसके हाथ लगीं। उसने यह सब आठ साल के होने तक पढ़ ली थीं। लेकिन जब उसके पिता की मौत हुई तब वह बोर्डिंग स्कूल में था, और देहरा में अपने अभिभावक के घर जाने के बाद फिर ये किताबें नहीं देखीं थीं।

दस साल बाद अब एक बार फिर वह किताबें पहाड़ों में अकेले रहने वाली इस अजब चाची के पास निकल आयी थीं। उसने किताबें साथ ले जाने का फ़ैसला किया, क्योंकि वह कभी उसकी ज़िंदगी का हिस्सा हुआ करती थीं। यह किताबें ही उसके और उसके पिता के बीच इकलौती कड़ी थीं, और अकेली विरासत।

'क्या तुम्हारा देहरा वापस जाना ज़रूरी है?' चाची ने पूछा।

'मैंने अपने दोस्तों से वादा किया था कि मैं वापस ज़रूर आऊंगा, और बाद में तय करूंगा कि मुझे कहां रहना है। पिछले कुछ महीनों के दौरान मैं आवाराओं की तरह घूमता, लेखक बनने के बारे में सोचता रहा हूं!'

'तुम यहां भी तो लिखने का काम कर सकते हो,' वह बोलीं, 'और तुम चाहो तो खेती भी कर सकते हो।'

'अरे नहीं, मैं कहीं आपके लिए मुसीबत न बन जाऊं, और जो भी हो, मुझे अपने पैरों पर खड़ा होना है। मैं अब इतना छोटा नहीं रहा कि दूसरे मेरी देखभाल करें।'

'तुम तो इतने बड़े हो चुके हो कि मेरी देखभाल कर सकते हो,' उसके

हाथ पर अपना हाथ रखते हुए वह बोलीं, 'चलो हम एक-दूसरे पर बोझ बन जाएं। कभी-कभी मुझे अकेलापन सताता है। मुझे मालूम है कि तुम्हारे दोस्त हैं, लेकिन अगर तुम बीमार हो जाओ या किसी और परेशानी में पड़ जाओ, तो वह तुम्हारा ध्यान नहीं रख पाएंगे। तुम्हारे माता-पिता नहीं हैं, और मेरे बच्चे नहीं हैं। बिलकुल सीधी-सी बात है।'

दरवाज़े पर किसी की छाया पड़ी तो उन्होंने सिर उठाकर देखा, वहां सुधीर पाजामा पहने खड़ा उन्हें देखते हुए ऐसे मुस्करा रहा था जैसे किसी बात को छुपाकर झेंप रहा हो।

'मुझे भूख लग रही है,' वह बोला, 'आंटी, क्या आप हमें कुछ खिलाएंगी, या हम न चाहते हुए भी आपके घर से चले जाएं?'

ऋषिकेश की राह

सुधीर और रस्टी गंगा के दोनों किनारों पर बसे छोटे-से शहर ऋषिकेश के लिए पैदल चल पड़े, जहां यह पवित्र नदी पहाड़ों को छोड़ उत्तरी भारत के मैदानी इलाके की तरफ़ अपना सफ़र शुरू करती है। संतों, वैद्यों और तीर्थयात्रियों के इस शहर में सुधीर ने अपना गढ़ बनाने की सोची। देहरा में रहना अब ठीक नहीं था, क्योंकि वहां पुलिस और सेठ उसके पीछे पड़े थे। उसने जिस पैसे पर हाथ साफ़ किया था, उसका काफ़ी बड़ा हिस्सा तो अब तक ख़र्च भी हो चुका था, और उसे उम्मीद थी कि ऋषिकेश में हर तरह के लोग जुटते हैं, इसलिए उसे वहां फायदे के काम करने के खूब मौके मिलेंगे। और रस्टी का जब देहरा लौटने का मन करे, वह ऋषिकेश से बस पकड़कर वहां जा सकता था। वैसे रस्टी को करना क्या था, इसके लिए उसने अभी कुछ तय नहीं किया था, लेकिन जैसे वह किशन के साथ चलने में खुश रहा करता था, वैसे ही लफ़ंगे के साथ चलने को तैयार था। उसे मालूम था कि वह जल्दी ही आवारापन के साथ जीने के अपने ढंग से ऊब जाएगा, और यह भी सोचने लगा था कि अपनी चाची के पास वापस चला जाए। लेकिन फ़िलहाल कुछ वक़्त के लिए तो वह अपनी ख़ानाबदोशी से ही खुश था। और जब लफ़ंगा साथ हो, तो वह हर फ़िक्र से आज़ाद पूरी तरह बेपरवाह होकर, खुद को कैसे भी हालात का सामना करने के लिए तैयार पाता था।

भरी दोपहरी में वह दोनों ऋषिकेश जाने वाली सड़क पर एक छोटे-से गांव पहुंचे। वहां से ऋषिकेश के लिए दिन में दो बार बस जाती थी, और वह दूसरी बस के छूटने से ठीक पहले पहुंच गये थे।

उस दिन बर्फ़ तो नहीं गिरी थी, लेकिन बारिश ज़रूर हुई थी। पहाड़ दरकने से काफ़ी कीचड़ और ढेरों मलबा सड़क पर फैला पड़ा था। बस में बहुत कम सवारियां थीं। आलू और आटे की बोरियों ने ज़्यादा जगह घेर रखी थी।

गाड़ी का ड्राइवर जिसकी दाढ़ी बढ़ी हुई थी, बीड़ी पी रहा था, और कहीं से भरोसे का आदमी नहीं लगता था, सारे रास्ते वह अपनी सीट के ठीक पीछे बैठी एक सवारी से राजनीति पर गरमागरम बहस करता रहा। एक हाथ चक्के पर रखकर वह दूसरा हाथ अपनी बातों पर ज़ोर देने, उन्हें समझाने के लिए इस्तेमाल कर रहा था। और बस के खिड़की-दरवाज़ों के शोर में भी उसकी आवाज़ ठीक से सुनाई दे, इसलिए काफ़ी तेज़ आवाज़ में बोल रहा था।

जो भी हो, सुधीर और रस्टी ने सफ़र का मज़ा लिया। जब कभी बस के उछलने से सुधीर का सिर छत से टकराता था, तो रस्टी को हँसी आ जाती थी, और सुधीर दूसरी सवारियों को ऐसी ही तकलीफ़ होते देख कर तसल्ली कर लेता था।

सुधीर के सामने वाली सीट पर एक गबरू जवान बैठा था, जो कि किसान था। बस के ज़ोर से उछलते ही सुधीर से नज़रें मिलने पर बोला- 'अगर ये बस सरकारी होती तो मैं ख़ुद को ज़्यादा सुरक्षित महसूस करता। तब अगर किसी हादसे में हम मर जाते, तो हमारे परिवार वालों को मुआवज़ा मिलता, और अगर बच जाते, तो हमें!'

'हां, हमें इन बातों को लेकर परेशान नहीं होना चाहिए,' सुधीर ने कहा। 'मिसाल के तौर पर ड्राइवर को ही लो। क्या तुम्हें लगता है कि उसे इस बात से कोई दिक्कत होगी कि कल को उसे सांप के रूप में जन्म लेना पड़ेगा? नहीं, वह इससे परेशान होने वाला नहीं।'

'सांप क्यों बनेगा?' किसान ने पूछा, 'चूहा क्यों नहीं बनेगा?'

'अरे भई, वह चूहा भी बन सकता है, तुम देख नहीं रहे हो कि वह राजनीति से जुड़ा है।'

वह खिड़की से बाहर देख रहे थे, पहाड़ी सड़क से दो सौ फ़ीट नीचे सीधी खाई में चिकने गोल पत्थरों के बीच से एक नदी बहती थी। सड़क इतनी संकरी थी कि उन्हें खाई की तरफ़ वाला सड़क का किनारा नहीं दिखाई दे रहा था। खड़ी चट्टानों के साथ सीधे खड़े पेड़ थे। पहाड़ी की तरफ़ से झरना गिर रहा था, और जब बस उसकी सीध में आयी तो झरने का पानी बस की छत पर भी पड़ने लगा और छींटे खिड़की से अंदर आने लगे। मलबे में गिरे पत्थर बस के पहियों के चलने से उछल-उछल कर पहाड़ की ढलान पर लुढ़कते चले जाते, और सड़क

पर जमा हुए पहाड़ दरकने के मलबे से रुककर जमा हुए पानी में गिरते और उसे गंदला कर रहे थे।

ड्राइवर अपनी बातों में इतना डूबा हुआ था कि एक जगह जब सड़क के बीचोंबीच पड़ी बड़ी-सी चट्टान पर उसकी नज़र पड़ी, तब तक ब्रेक लगाकर गाड़ी रोकने लायक वक़्त ही नहीं बचा था। लेकिन उसने इतनी होशियारी दिखाई कि बस को खाई में चले जाने के बजाय पहाड़ की तरफ़ टकरा जाने दिया। इस तरह के हादसों के आदी हो चुके ड्राइवर ने एक आह भरी, बुझी बीड़ी को फिर से सुलगाया और अपनी बहस फिर से छेड़ दी।

क्योंकि उस जगह से ऋषिकेश सिर्फ़ आठ मील रह गया था, इसलिये सवारियों ने बाकी रास्ता पैदल तय करने का फैसला किया।

सुधीर ने किसान से फिर से बात छेड़ दी, जिसका नाम गनपत था, यह भी अब उसे पता लग चुका था। बस को ऋषिकेश पहुंचने में किसी भी हालत में पूरा एक दिन तो लगना ही था, जिससे उसे अपने परिवार से दूर शहर में रुकने और परिवार वालों की नज़रों से दूर मज़े करने का मौका मिल गया था।

'ऋषिकेश में कोई जगह है जहां हम रात बिता सकते हैं?' सुधीर ने पूछा।

'तीर्थयात्रियों के लिए तमाम सारी धर्मशालाएं हैं,' गनपत ने जवाब दिया।

पैदल रास्ता तय करने की मजबूरी के साथ अब उनके सामने धर्मशाला ढूंढने का एक काम और था, इसलिए वह और लंबे डग भरकर चलने लगे। गनपत का शरीर धूप में सांवला पड़ गया था, चौड़े कंधों के बीच मज़बूत गर्दन, और उसकी मोटी मूंछें काफ़ी कुछ फौजियों जैसी थीं। उसने धोती बांध रखी थी, जिसके लपेटों के नीचे उसके मज़बूत टखने और चौड़े पैर नज़र आ रहे थे, जो बरसों खेतों में नंगे पैर चलने से खूब सख़्त हो गये थे।

जल्दी ही लफ़ंगे को उसकी एक ऐसी खूबी पता चल गयी, जो दोनों में ही थी- वह दोनों सुंदर औरतों के रसिक थे।

'मुझे तो गठीले बदन वाली लंबी औरतें पसंद हैं,' गनपत अपनी मूंछों पर ताव देते हुए बोला। 'ज़्यादा मीन-मेख निकालने वाली नहीं होनी चाहिए, और न ही ज़्यादा बातूनी। उन्हें खुश कैसे करना चाहिए?'

'क्या तुमने महर्षि वात्स्यायन के बारे में सुना है? उनकी तीन पत्नियां थीं। वह एक को गुप्त रहस्य बताकर खुश रखते थे, दूसरी को गुप्त रूप से सम्मान देकर, और तीसरी को गुप्त रूप से खुशामद करके।'

'तुम बड़े अजीब आदमी हो, यार,' गनपत बोला।

रस्टी तेज़ी से चलकर दूसरों से आगे जा पहुंचा था। उसके मन में जोश था और थकान का नामोनिशान नहीं था, वह बस दूसरों से पहले नदी किनारे पहुंच जाना चाहता था। वह चाहता था कि वह ऋषिकेश पहुंचकर सुधीर के पहुंचने का इंतज़ार करे और इस बीच कुछ देर बिलकुल अकेला रहे।

घने जंगलों वाली एक पहाड़ी के पीछे नदी थी जो दूर से दिखाई नहीं देती थी, लेकिन रस्टी को पता था कि वह कहां बहती है और कैसी दिखती है। उसने हाथी के मुंह से उसमें पायी जाने वाली मछलियों, चट्टानों और तेज़ बहाव के बारे में सुना हुआ था, बस उसे खुद जानने और छूने की देर थी।

रास्ते में पहले एक घाटी की तरफ़ ले जाता तीखा ढाल आया और उसके आगे का रास्ता चढ़ाई के बाद बड़े से पहाड़ का चक्कर काटते हुए जाता था। रास्ते में एक लकड़हारा मिला जिससे रस्टी ने पूछा कि नदी कितनी दूर है? लकड़हारा एक छोटे क़द और गठीली काठी वाला आदमी था, जिसके चेहरे पर वक़्त ने बहुत सारी लकीरें छोड़ दी थीं।'

'सात मील,' उसने ऐसे बताया, जैसे ये दूरी नाप रखी हो।'लेकिन तुम क्यों जानना चाहते हो?'

'मैं ऋषिकेश जा रहा हूं,' रस्टी ने बताया।

'अकेले?'

'बाकी लोग पीछे आ रहे हैं, लेकिन मैं उनका इंतज़ार नहीं कर सकता। इधर से निकलेंगे तब तुम्हें मिलेंगे। जब लंबा वाला लड़का, लफ़ंगा मिले तो उसे बता देना कि मैं नदी के किनारे उसका इंतज़ार करता मिलूंगा।'

'बता दूंगा,' लकड़हारा बोला, और फिर अपने काम में जुट गया।

आगे के रास्ते में ढलान ज़्यादा तीखी थी, और रस्टी को कुछ दूर दौड़ना भी पड़ा। रास्ता चकराने वाला और घुमावदार था; वह एक दो-बार गिर भी पड़ा। हर तरफ़ हरे-हरे फ़र्न उग रहे थे, और पेड़ों में छिपे परिंदों की पुकार ज़ोर से गूंज रही थी। जल्दी ही वह घाटी में पहुंच गया जहां रास्ता सपाट था। दूसरी तरफ़ से एक लड़की चली आ रही थी। वह हंसिया लिए हुए थी, जिससे उसने घास और चारा काटा था। उसके कान और नाक में बालियां थीं और हाथ खूब सारी

चूड़ियों से भरे थे। चलने से उसके हाथों की चूड़ियां खनक रही थीं, जैसे उसके हाथों की अपनी एक अलग भाषा हो! रस्टी को देखकर वह मासूमियत से मुस्कराई- इससे पहले किसी लड़की ने ऐसा नहीं किया था।

'यहां से गंगा कितनी दूर है?' रस्टी ने पूछा।

लड़की शायद कभी गंगा तक नहीं गयी थी, या फिर वह किसी दूसरी नदी को गंगा समझ बैठी- उसने बिना किसी झिझक के जवाब दिया- 'बीस मील।'

रस्टी ज़ोर से हंसा और ढाल पर दौड़ लगा दी। अचानक एक तोता ठीक उसके सिर के ऊपर से ज़ोर की आवाज़ करता हुआ उड़ा, चटक हरा तोता। उसने सड़क के साथ-साथ कम ऊंचाई पर उड़ान भरी और रस्टी ने दौड़ लगाकर उसका पीछा किया, लेकिन फिर चढ़ाई आ गयी और तोता पेड़ों में कहीं गुम हो गया। रस्टी को इन पहाड़ों से प्यार था। ये पहाड़ जो उसे आज़ादी का एहसास कराते थे, अपनी ताक़त का एहसास कराते थे, जिससे रस्टी को रस्टी बने रहने में मदद मिलती थी। हां, इसीलिए वह यही चाहता था कि बार-बार इन पहाड़ों की तरफ़ चला आये....

एक जगह पहाड़ी से थोड़ा-थोड़ा पानी रिसकर आ रहा था। पानी काफ़ी ठंडा लग रहा था और बेहद ताज़गी-भरा। रस्टी करीब घंटे भर से अकेले चला आ रहा था। पानी की धारा के पास उसे एक लड़का दिखाई दिया जो रास्ते में बकरियों को हांके लिये जा रहा था।

जब रस्टी उसके पास आ गया तब उससे पूछा- 'नदी यहां से कितनी दूर है?'

'अरे, बस पास में है, अगली पहाड़ी के उस तरफ़ जाकर सीधे नीचे उतर जाना,' लड़के ने जवाब दिया। लड़का पास के ही किसी गांव का लग रहा था।

रस्टी को हल्की-सी भूख लगी थी, सो उसने जेब में रखी एक सूखी-सी रोटी निकाली और उसके दो टुकड़े करके एक लड़के को दिया और दूसरा खुद खाने लगा—वहीं सन्नाटे में साथ बैठकर। खाने के बाद दोनों साथ चल पड़े, बातें करते। रस्टी का ध्यान न अपने पैरों की तकलीफ़ की तरफ़ गया और न ही इस बात पर कि वह कितनी दूर चल चुका था। लेकिन कुछ दूर साथ चलने के बाद लड़का एक दूसरे रास्ते पर चला गया, और रस्टी एक बार फिर अकेला हो गया।

रस्टी को उसका चला जाना अच्छा नहीं लग रहा था। वह रास्ते पर बार-बार आगे और पीछे देखता था, लेकिन न तो सुधीर का नामोनिशान था और न

ही कोई और दिखाई देता था। नदी भी कहीं नज़र नहीं आ रही थी। उसे हताशा-सी होने लगी, थकान घेरने लगी और अकेलापन सालने लगा। लेकिन वह चलता ही रहा, धूल भरे पथरीले रास्ते पर, सीढ़ीनुमा खेतों और झोपड़ों को पीछे छोड़ता। कुछ देर में ये सब पीछे छूट गये- रह गये जंगल, धूप और सन्नाटा।

सन्नाटे में एक अलग ही किशश थी, उसमें एक डर का पुट था, जो कि कमरे या खाली सड़क के सन्नाटे से अलग था। कहीं किसी चीज़ में ज़्यादा हरकत भी नहीं थी, सिवाय उसके पैरों तले दब रही घास और चीड़ के पेड़ों के बहुत ऊपर गोल-गोल चक्कर काट रहे बाज़ के।

और फिर जैसे ही उसने एक घुमावदार मोड़ पार किया, सन्नाटे का सूनापन आवाज़ से भर गया। नदी की आवाज़।

घाटी में काफी नीचे नदी खूब चौड़े पाट में फैलकर इठलाती चाल से चल रही थी, जिसे देखकर रस्टी का मुंह खुला का खुला रह गया, और उसने नदी की तरफ़ दौड़ लगा दी। वह फिसला, पत्थरों से टकराया, लेकिन फिर दौड़ पड़ा। इसके बाद वह पहाड़ों से आ रहे टखनों तक गहरे पानी में खड़ा था।

और पानी नीला और सफ़ेद, और अद्भुत था।

आख़िरकार मंज़िल पर

उस दिन पूर्णमासी का पर्व था। ऋषिकेश के मंदिर हल्की रोशनी में नहाये थे। चौड़ी और धीमी रफ़्तार से बहती गंगा चांदनी को सोखकर पिघली हुई चांदी की नदी लग रही थी। किनारे पर भक्त दोने में दीपक जलाकर धारा में बहा रहे थे। मिट्टी के दीये में रखी बाती कुछ देर लाल-सुनहरी सी रोशनी देती थी। रस्टी रेत में लेट गया और दीयों को एक के पीछे एक बहते चट्टानों के बीच गुम होने या गोल पत्थरों में अटकने तक देखता रहा।

सुधीर और गनपत मौज-मस्ती के लिए शहर चले गये, लेकिन रस्टी ने नदी के किनारे बने पक्के घाट पर सैकड़ों तीर्थयात्रियों की भीड़ से कुछ दूर रहना ठीक समझा।

अगर गर्मी के दिन होते तो वह रात भी रेत पर सोकर बिता देता, लेकिन ठंड ज़्यादा थी, और पहाड़ों से आने वाली हवा की सिहरन से बचने के लिए कंबल काफ़ी नहीं था। वह एक धर्मशाला में गया, और लोगों से भरे एक बड़े से कमरे के एक कोने में थोड़ी सी जगह घेर ली। खुद को कंबल में लपेटकर रस्टी ने अपनी आंखें बंद कर लीं, और चुपचाप पड़ा वहां मौजूद लोगों को बातें करते सुनता रहा, लेकिन उनकी बातें सिर्फ़ सुनाई दे रही थीं, समझ में कुछ नहीं आ रहा था।

पूनम के चांद का कुछ लोगों पर अजीब असर होता है। पहाड़ पर पूर्णमासी पागलपन का पुट लेकर आती है, और जो पहले से ही पागल होते हैं, जैसे सुधीर, उन्हें और पागल कर देती है।

जब आसमान में पूरा चांद होता है तो कुछ लोग प्रेतात्माओं से बातें करते हैं, दूसरे अपनी सारी झिझक छोड़ पागलों की तरह मस्त होकर नाचते, कुछ प्यार में और गहरे डूब जाते तो कुछ ज़्यादा आसानी से जान ले डालते हैं। 'पूनम के

चांद की चांदनी में मत सोना,' पंडित आगाह करते थे, 'वरना वह तुम्हें अपने जादू में बांधकर, तुम्हारी सोच को ऐसा बना देगी जो लगेगी सुंदर, लेकिन बुरा होगा असर।'

सुधीर यानी लफंगे पर भी चांद का हल्का-हल्का नशा छाने लगा था। लेकिन वह काफ़ी नहीं था, इसलिए उसने गनपत के साथ देसी शराब की एक बोतल पी डाली। पीने से गनपत बहक गया और वह होश-ओ-हवास में नहीं रहा। उसे समझ में नहीं आ रहा था कि उसे वाकई में सुधीर सड़क के बीच में अपने कूल्हों के पीछे चपत लगाते हुए कूद-फांद करता दिखाई दे रहा है, या वह सपना देख रहा है ?

खुद को संभालते हुए वह बोला- 'सुधीर, क्या तुम सड़क पर नाच रहे हो, या फिर मुझे चढ़ गयी है ?'

'तुम्हें चढ़ गयी है,' सुधीर ने कहा, 'लेकिन यह भी सही है कि मैं सड़क पर नाच रहा हूं।'

'तुम नाच क्यों रहे हो ?' गनपत ने पूछा।

'क्योंकि मुझे अच्छा लग रहा है,' सुधीर ने जवाब दिया।

'फिर तो मुझे भी नाच कर देखना चाहिए,' गनपत बोला, और अपने कूल्हों पर थाप देकर कूद-फांद करने लगा।

ऋषिकेश में बड़े सवेरे चहल-पहल शुरू हो जाती है। पुजारी, संन्यासी और उनके चेले भोर में तीन बजे ही उठ जाते हैं, और आसमान में हल्की-सी रोशनी नज़र आते ही स्नान-ध्यान शुरू कर देते हैं। करीब पांच बजे से तीर्थयात्री नदी पर नहाने के लिए आने लगते हैं। घाटों पर भगवे वस्त्र पहने साधु और पारंपरिक तरीकों से इलाज करने वाले आने लगते हैं, जबकि उनमें से बड़े-बूढ़े पास के कमरों में अपनी गद्दियों पर या छायादार पेड़ों के नीचे आसन लगाकर बैठ जाते हैं, जहां तीर्थयात्री उन्हें धन-धान्य दान देते हैं और बदले में उनका आशीर्वाद लेते हैं।

सुधीर और गनपत को धर्मशाला में ही छोड़कर रस्टी सवेरे जल्दी नहा लिया था। वह दोनों मौज-मस्ती करके रात के दो बजे वापस लौटे और धर्मशाला में सो रहे लोगों की नींद ख़राब की। वह सूरज निकलने तक पड़े सोते रहे। फिर गनपत नाव से नदी के पार गया ताकि दूसरे किनारे के मंदिरों में भी दर्शन कर

सके। सुधीर कोई ऐसा रूप धरने की बात सोचकर बाहर निकला जिससे कि उसे पहचाना न जाए, क्योंकि उसे कुछ दिनों के लिए देहरा जाना था। लेकिन उसने जैसा हुलिया बना रखा था, उसे देखकर तो सेठ के मुखबिर सेठ को खबर दे देते। बाद में बस स्टैंड पर उसे रस्टी मिल गया।

'मैं कल वापस आ जाऊंगा,' सुधीर ने कहा, 'मैं तुम्हें अपने साथ देहरा नहीं ले जा सकता क्योंकि मेरा साथ होना तुम्हारे लिए ख़तरनाक हो सकता है।'

'फिर भी तुम देहरा क्यों जा रहे हो?' रस्टी ने सवाल किया।

'देखो, वहां एक-दो लोग हैं जिनसे मुझे पैसा लेना है,' उसने बताया, 'और हालांकि, जैसा कि तुम्हें भी पता है, हमारे पास अपना काम चलाने के लिए काफ़ी है, लेकिन उन लोगों से मुझे कोई लगाव तो है नहीं, फिर मैं अपना पैसा उनके पास क्यों छोड़ूं? और एक बात और है। देहरा में दो ख़ूबसूरत औरतें हैं, एक हस्तिनी और दूसरी मृणालिनी- और उनसे मैंने जो रकम उधार ले रखी हैं, वह भी वापस करनी है।'

'लेकिन तुमने उनसे उधार लिया क्यों था?' रस्टी ने पूछा।

'क्योंकि मैंने पहले देविंदर से उधार लिया हुआ था,' सुधीर ने बताया, 'और उसे तुम्हारे लिए उन पैसों की ज़रूरत थी! देखो ज़िंदग़ी कितनी उलझी हुई है न?'

जब बस धूल उड़ाती आगे बढ़ी, तो रस्टी वापस मुड़ गया। वह बाज़ार में चहलक़दमी करने लगा, और मिठाई की एक दुकान से दूसरी दुकान में जाकर उनके माल का जायज़ा लेने लगा। आख़िर में उसने आठ आने की गरमागरम, ताज़ी, सुनहरी सिंकी जलेबी ख़रीदीं और केले के पत्ते की पत्तल में उन्हें लेकर नदी के किनारे चला गया।

नदी के किनारे एक बरगद का पेड़ था। रस्टी ने उसी की छाया में बैठकर अपनी जलेबी खायीं। पेड़ पर बहुत सारी चिड़ियां थीं- तोते, बुलबुल और रोज़ी पास्टर यानी तेलियार, जो कि बरगद के लाल गूलरों को खाने में जुटे थे। रस्टी को पेड़ के तने के सहारे बैठकर चिड़ियों को बोलते सुनना और उनके रंग-बिरंगे पंखों को देखना अच्छा लगता था।

जब जलेबी ख़त्म हो गयीं, वह उठा और नदी के किनारे-किनारे घूमने के लिए चल पड़ा। एक जगह रेत पर दो लड़के कुश्ती लड़ रहे थे। वह घुटनों के बल खड़े होकर आपस में पंजे फंसाकर एक-दूसरे को पागल सांड़ों की तरह पीछे धकेलने की कोशिश कर रहे थे। पहले तो लंबे वाले लड़के का पलड़ा भारी था,

लेकिन बाद में चेहरे पर चेचक के निशान वाला सांवला-सा छोटा लड़का भारी पड़ने लगा। लेकिन अगले ही पल ताबड़तोड़ हाथ-पैर चलने लगे, और जल्दी ही छोटा लड़का अपने विरोधी के सीने पर चढ़ बैठा।

जब उन्होंने देखा कि रस्टी उन्हें देख रहा है, तो लड़कों ने उससे पूछा कि क्या वह भी कुश्ती का मुक़ाबला करना चाहता है, लेकिन रस्टी ने उन्हें मना कर दिया। उसने कुछ ज़्यादा जलेबी खा ली थीं, और उसे अपनी तबीयत बिगड़ती लग रही थी।

वह तब तक टहलता रहा जब तक कि वह पूरी तरह ठीक नहीं महसूस करने लगा और उसे फिर भूख नहीं लगने लगी (ऋषिकेश तक पैदल चलकर आने से पहले ही उसकी भूख खुल चुकी थी), और बाज़ार लौटकर उसने पूड़ी और कड़क मसालेदार सब्ज़ी उड़ाई। पूड़ियों से पेट भरने के बाद, वह वापस बरगद के पेड़ पर आ गया और वहीं सारी दोपहरी सोता रहा।

उधर देहरा में, आधी रात को सुधीर चोरी-छुपे मृणालिनी से मिलने पहुंचा, यह जानते हुए कि अभी उसे कुछ और समय इस जगह से दूर रहना होगा। वह मृणालिनी से सिर्फ़ एक बार मिलना चाहता था, ताकि वह उसे तोहफा और अपनी वफा का सबूत दे सके। डरावनी सी लगने वाली सीढ़ियों से मृणालिनी के कमरों तक पहुंचने में उसे कुछ सेकेंड लगे। जब कभी वह उन सीढ़ियों पर चढ़ता था, वह हर बार पहले से ज़्यादा ज़ोर से हिलतीं।

मृणालिनी अपने पास आने वाले के लिए तैयार हो रही थी। वह एक चटके और चक्तेदार आईने के सामने बैठी थी, जो कि उसके सलोने नाक-नक्शे को बिगाड़ देता था। जब कभी वह इस बदशक्ल कर देने वाले आईने में अपनी शक्ल देखती, तो उसे अपना चेहरा सूजा हुआ, आंखें भैंगी, और शीशे पर लगा पेंट का धब्बा ज़रूर नज़र आता था। उसने सोचा कि एक दिन मैं ऐसी ही दिखूंगी। एक दिन, जो अब ज़्यादा दूर नहीं है। मैं इस अक्स जैसी बदसूरत हो जाऊंगी... और जब वह दोबारा आईने में देखती तो उसे हमेशा की तरह अपनी मां की छवि उसमें दिखाई देती थी।

इससे उलट, जब सुधीर उसके बगल में आकर खड़ा हुआ, तो उसकी छवि में उसे एक घोड़े की छवि नज़र आ रही थी- लंबे चेहरे वाला नादान-सा घोड़ा। और उसे देखकर वह हँस पड़ी।

'किस बात पर हँस रही हो ?' सुधीर ने पूछा।

'ज़ाहिर है, तुम्हारे ऊपर! तुम आईने में कितने बेवकूफ़ दिखते हो!'

'मुझे यह बात नहीं मालूम थी,' सुधीर बोला। उसके अहम को ज़रा सी ठेस पहुंची थी। 'हस्तिनी को तो ऐसा नहीं लगता।'

'हस्तिनी बेवकूफ़ है। उसे लगता है कि तुम देखने में अच्छे हो, इसलिए वह तुम्हें पसंद करती है। मैं तुम्हें इसलिए पसंद करती हूं, क्योंकि तुम्हारा चेहरा घोड़े जैसा है।'

'अच्छा, तुम्हारा घोड़ा अब कुछ वक़्त देहरा से बाहर ही रहेगा। मुझे उम्मीद है कि तुम्हें उसकी कमी नहीं खलेगी।'

'तुम हमेशा आते-जाते रहते हो, लेकिन ठहरते कभी नहीं।'

'यही तो ज़िंदग़ी है।'

'क्या तुम्हें इससे अकेलापन नहीं महसूस होता ?'

मृणालिनी आईने के सामने से उठ गयी, और पलंग पर जाकर तकिये के सहारे आराम से बैठ गयी।

'जब मैं अकेला होता हूं, तो कुछ करने लगता हूं,' सुधीर ने उसके करीब खड़े होकर कहा। वह बहुत लंबा लग रहा था। 'मैं बाहर निकलता हूं तो कुछ बेवकूफ़ी की हरकत या कोई ख़तरनाक काम कर डालता हूं। जब मैं कुछ नहीं कर रहा होता हूं, तभी मुझे अकेलापन परेशान करता है। वैसे मैं अकेलेपन के लिए बना ही नहीं हूं।'

'मैं कभी-कभी ही अकेलापन महसूस करती हूं,' मृणालिनी बोली।

'तुम! अपनी मां के साथ ? वह तुम्हें कभी अकेला नहीं छोड़ती, और तुम्हारे पास हर रोज़ कोई न कोई आता है, जिनमें से कई तो बिलकुल नये चेहरे होते हैं।'

'हां। मैं जितने ज़्यादा लोगों से मिलती जाती हूं, उतना ही मेरा अकेलापन बढ़ता जाता है। तुम्हारा कोई साथी ज़रूर होना चाहिए, जिससे कि तुम बातचीत कर सको, और जिसके साथ झगड़ सको। अगर तुम अकेले नहीं रहना चाहते, तो तुम्हें कोई साथी मिल सकता है। लेकिन मैं किसे ढूंढ़ कर लाऊं ? मेरी मां बूढ़ी, बहरी और बेदिल है।'

'एक दिन मैं आऊंगा, और तुम्हें यहां से निकाल कर ले जाऊंगा। मेरे पास

अभी कुछ पैसे हैं, मृणालिनी। जैसे ही मैं दूसरे शहर में कोई धंधा शुरू कर लूंगा, मैं तुम्हें वहीं बुला लूंगा। इस बीच तुम हस्तिनी के साथ क्यों नहीं रहतीं?'

'मैं उससे नफ़रत करती हूं।'

'तुम अभी उसे जानती ही नहीं हो। जब तुम उसे जानोगी, तो तुम उसे चाहने लगोगी!'

'तुम उसे चाहते हो, क्या?' मृणालिनी ने सुधीर से पूछा।

'मैं उसे चाहता हूं क्योंकि उसके साथ बड़ा आराम मिलता है। मैं तुम्हें इसलिए प्यार करता हूं क्योंकि तुम इतनी प्यारी हो। क्या ऐसा नहीं हो सकता कि मैं तुम दोनों को प्यार करूं?'

'तुम तो बड़े अजीब हो,' मृणालिनी ने बड़ी अलग-सी मुस्कान बिखेरते हुए कहा।

'अब जाओ! कोई आ रहा होगा।'

'फिर मेरी तरफ़ से इसे अपने पास रखो।'

सुधीर ने अपनी उंगली से एक पतली-सी अंगूठी उतारी और मृणालिनी की तीसरी उंगली में पहना दी।

'इसे मेरे आने तक अपने पास रखो,' वह बोला, 'और अगर मैं वापस न लौटूं तो यह फिर यह हमेशा के लिए तुम्हारी। इसे ज़रूरत के वक़्त ही बेचना। ठीक है न?'

मृणालिनी कुछ देर अपना हाथ घुमा-घुमाकर अंगूठी को देखती रही, ताकि उसपर हर जगह रोशनी पड़े और वह ठीक से देख सके। फिर उसने अंगूठी को उतारा और अपने ब्लाउज़ में छुपा लिया।

'अगर मैं पहने रही, तो मेरी मां ज़रूर इसे मुझसे ले लेगी।' मृणालिनी बोली।

'बस, तुम मुझे इजाज़त दो, तो मैं तुम्हारी मां को रास्ते से हटा दूं।'

'ऐसे मत बोलो! वैसे भी वह ज़्यादा नहीं चलने वाली...'

'वह हमसे भी ज़्यादा जीने के लिए हर कोशिश कर रही है। मैं वादा करता हूं कि कोई खून-ख़राबा नहीं करूंगा। बल्कि मैं उसे छूऊंगा भी नहीं। मैं उसे बस ऐसे डरा दूंगा कि वह खुद-ब खुद मर जाएगी। मैं अंधेरी गली में उसके ऊपर कूद पड़ूंगा या फिर धमाके वाला पटाखा फोड़ूंगा....'

'सुधीर!' मृणालिनी बोली। 'तुम इतने बेरहम कैसे हो सकते हो?'

'यह तो उसपर रहम होगा।'

'अब जाओ! जितने दिन हो सके, देहरा से दूर रहो।'

ऋषिकेश की वह एक अनोखी सुबह थी। हवा में बसंत के आने का एहसास था। चिड़ियां पानी में अठखेलियां कर रही थीं, और छतों पर बंदर एक-दूसरे को दौड़ा रहे थे। रस्टी रेत पर लेटा, सुबह की सुहानी हवा सांसों में भर रहा था, और अपने शरीर को धूप में सेंक रहा था।

वह सुबह जल्दी उठ गया था, और नहाने के लिए नदी पर चला गया था। पुजारियों के उठने से भी पहले उसने नदी में डुबकी लगा ली थी। ठंडे पानी की वजह से वह ज़ोर-ज़ोर से मुंह से सांसें ले रहा था। उसने खुद को पानी के हवाले कर दिया, और जब तक आलस उसके शरीर को छोड़ नहीं गया, और वह साफ़, तरोताज़ा और खुश महसूस नहीं करने लगा, तब तक वह ठंडे पानी में डुबकियां लगाता और हाथ-पांव पटकता रहा।

पानी में उतरते ही उसे अपने उस तालाब की याद आ गयी जो चर्च के पीछे वाले जंगल में था, जिसके बारे में दूसरों को नहीं पता था। शायद अब वहां देविंदर हो, और सुबह डुबकी लगाने के लिए हो सकता है उसके साथ किशन भी वहां पहुंच गया हो... और गूंगा भैंस की सवारी कर रहा हो। रस्टी रेत में बैठा अपने दोस्तों के साथ बिताए दिनों की यादों में डूबा था। लेकिन अब पहाड़ वाले घर की तरफ से भी एक खिंचाव सा महसूस हो रहा था, और रस्टी को यकीन हो गया था कि देहरा में उसके लिए कोई भविष्य नहीं है। उसने तय किया कि जैसे ही लफ़ंगा लौटेगा, वह ऋषिकेश से चला जाएगा। आख़िरकार, सुधीर दुनियादारी में पक्का था, यह बात और थी कि उसके पास दोस्तों की कभी कमी नहीं रहती थी। देविंदर और किशन रस्टी की उम्र के थे। वह उन्हें समझ सकता था, प्यार कर सकता था, और वह बाद में भी उसके साथ आ सकते थे। लफ़ंगा को वह सिर्फ चाह सकता था, लेकिन समझ नहीं सकता था।

दूर नहा रहे लोगों की आवाज़ों से ध्यान टूटने और सूरज के हड़बड़ाकर पहाड़ियों के पीछे से निकलने तक रस्टी वहीं सफ़ेद रेत पर पड़ा रहा। उसने कमीज़ और पतलून चढ़ाए, और बाज़ार जा पहुंचा, जहां चाय की एक छोटी-सी दुकान पर गया। वहां उसने दूध और चीनी वाली एक गिलास चाय पी और छह अंडे खाये, जिससे दुकानदार हैरत में पड़ गया।

जब वह खा चुका तो बस स्टैंड की तरफ़ चल पड़ा ताकि पता कर सके कि सुधीर लौटा या नहीं। देहरा से दूसरी बस भी आ चुकी थी, लेकिन सुधीर कहीं नज़र नहीं आ रहा था। रस्टी वहां से जाने के लिए मुड़ा ही था कि उसने पाया कि उसकी नज़रें कुछ अलग से दिखने वाले एक कम उम्र के साधु से चार हो गई हैं, जिसने अपने माथे पर सिंदूर का त्रिपुंड लगाया हुआ था, और कमर और कंधों पर भगवे वस्त्र डाल रखे थे। लेकिन उसका दांत दिखाकर हंसना कहीं से साधुओं जैसा नहीं था। बाकी भेष से तो धोखा हो सकता था, लेकिन हंसी से नहीं।

'तो तुम अब साधु बन गये हो?' रस्टी बोला। 'लेकिन इससे किसका भला होगा?'

'एक काम के सिलसिले में देहरा जाना था, और मैं नहीं चाहता था कि सेठ और उसके लोग मुझे पहचान लें। चलो कोई शांत सी जगह ढूंढें जहां हम बातें कर सकें, और कुछ खाने का इंतज़ाम करें क्योंकि मुझे भूख लग रही है।'

रस्टी एक दुकान से छह सेब ख़रीद लाया, और सुधीर को बरगद के तले ले आया। वह ज़मीन पर बैठकर सेब खाते हुए बातें करते रहे।

'क्या तुम अपने दोस्तों से मिले?' रस्टी ने पूछा।

'हां, मैं पहले उन्हीं के पास गया। बस के सफ़र में मैं थक गया था, और बड़ा ग़ुस्सा आ रहा था। थकान मिटाने और तरोताज़ा करने के लिए हस्तिनी से अच्छा और कोई नहीं हो सकता था। फिर मैं मृणालिनी के पास गया और उससे ऋषिकेश चलने को कहा, लेकिन अभी वह अपनी मां के मरने का इंतज़ार कर रही है। ज़िंदगी में लोग और कुछ नहीं करते, दूसरों के मरने का इंतज़ार करते हैं।'

'तुम हमेशा की तरह अच्छे लग रहे हो।'

'वह तो मुझे पता है। लेकिन क्या मैं साधु जैसा लग रहा हूं?'

'हां, बेहद अच्छा दिखने वाला साधु।'

'बढ़िया है। आओ, अब चलें।'

'हम कहां जाएंगे?' रस्टी ने पूछा।

'ज़ाहिर है, चेलों की तलाश में। मेरे जैसे साधु के चेले तो होने ही चाहिए। और अमीर चेले होने चाहिए। दुनिया में बहुत सारे ऐसे अमीर लोग होंगे जिन्हें अपनी अंतरात्मा को लेकर कोई न कोई कष्ट होगा। चलो, हम उनकी अंतरात्मा

बन जाएंगे। लोग हमारी इज़्ज़त करेंगे, रस्टी! इस तरह और ज़्यादा पैसा बनाया जा सकता है। हां, हमारी इज़्ज़त होगी– कितना जोखिम है इसमें, लेकिन कितना मज़ा आयेगा!'

वह बाज़ार की तरफ़ चल पड़े।

'ठहरो!' रस्टी बोला, 'मैं तुम्हारे साथ नहीं चल सकता, सुधीर!'

सुधीर के कदम जहां के तहां ठहर गये। उसके चेहरे पर हैरानी और परेशानी वाले भाव आ गये। उसने रस्टी की तरफ़ देखा।

'क्या मतलब, तुम मेरे साथ नहीं चल सकते?'

'मुझे देहरा लौटना होगा। अगर मुझे अपनी चाची के पास रहना होगा, तो मैं दोबारा इधर आऊंगा।'

'लेकिन क्यों? तुम अभी तो उनके पास से आये हो। तुम पहाड़ की तरफ़ पैसों के लिए ही तो आये थे, हैं न? और उनके पास पैसे नहीं थे।'

'मैं उनसे मिलना चाहता था। मैं जानना चाहता था कि वह कैसी हैं। सिर्फ़ पैसों की बात नहीं थी।'

'ठीक है, तुम उनसे मिल लिये, और ये भी पता चल गया कि आगे तुम उनके साथ नहीं रह सकते, और न ही देहरा में रह सकते हो।'

'मुझे नहीं मालूम, सुधीर। ऐसे तो किसी भी बात से कोई फ़र्क नहीं पड़ता। लेकिन तुम्हारे साथ रहने से क्या होगा? मैं अपनी ज़िंदगी को एक रास्ते पर ले जाना चाहता हूं। मैं काम करना चाहता हूं। मैं आज़ाद रहना चाहता हूं। मैं चाहता हूं कि मैं लिख सकूं। मैं तुम्हारे साथ पहाड़ों और मैदानों में हमेशा नहीं घूमता रह सकता।'

'क्यों नहीं? अगर तुम घूमते रहना चाहते हो, तो कोई चीज़ तुम्हें रोक नहीं सकती। हिंदुस्तान हमेशा से घुमक्कड़ों का घर रहा है।'

'अगर मैं और चीज़ों में कामयाब नहीं हुआ, तो फिर तुम्हारे पास आ सकता हूं।'

सुधीर का मन खट्टा हो गया और वह बहुत उदास हो गया।

'तुम समझ नहीं पा रहे हो....' उसने कहना शुरू किया, लेकिन बात कहने के लिए उसे सही शब्द नहीं मिले और वह ठहर गया। ऐसा बहुत कम ही होता था कि उसकी समझ में न आये कि क्या कहे। 'मैं तुम्हारा आदी हो चुका था, बस इतनी-सी बात है,' उसने कहा।

'और मैं भी तुम्हारा आदी हो चुका था, सुधीर। मुझे नहीं लगता कि इससे पहले कभी किसी के साथ ऐसा हुआ होगा।'

'इसीलिए, मैं तुम्हें खोना नहीं चाहता, लेकिन मैं तुम्हें जाने से रोक नहीं सकता।'

'मैं तुमसे मिलने आऊंगा। ज़रूर आऊंगा... सचमुच।'

सुधीर के चेहरे पर हल्की-सी चमक लौटी। 'वादा करते हो, या फिर मुझे खुश करने के लिए कह रहे हो?'

'दोनों बात हैं!'

सुधीर वापस अपने पहले वाले रूप में लौट आया। मुस्कुराया, और अपनी उंगलियों से रस्टी की बगलों को गुदगुदाने लगा। 'मैं तुम्हारा इंतज़ार करूंगा,' वह बोला, 'जब कभी तुम्हें ख़ज़ाने में से कुछ चाहिए हो, मेरे पास आ जाना! जब कभी तुम्हें मौज-मस्ती करनी हो, तब मेरे पास आ जाना!'

इसके बाद वह फिर चुप हो गया, और एक साया उसके चेहरे के आगे से गुज़र गया, क्या उसे अकेलेपन के मायने पता हैं। शायद मृणालिनी सही कह रही थी कि तुम्हारा कोई साथी होना चाहिए, जिसके साथ बातें कर सको, झगड़ सको... अगर तुम अकेले नहीं रहना चाहते हो....'

'चलो अब हम अपने-अपने रास्ते पर चलें,' सुधीर ने कहा। 'इसे और लंबा न खींचें। तुम सड़क पर बस स्टैंड की तरफ़ चलो, और मैं दूसरी तरफ चलता हूं।'

उसने रस्टी की तरफ़ अपना हाथ बढ़ाया, 'तुम्हारा हाथ ही काफ़ी नहीं!' उसने कहा, और रस्टी को अपनी बाहों में भर कर सीने से लगा लिया।

यह नज़ारा देखने के लिए लोग ठहर गये, इसलिए नहीं, कि दो जवान लड़के एक-दूसरे के लिए अपना प्यार जता रहे थे- वह तो काफ़ी मामूली बात थी। लेकिन इसलिए क्योंकि भगवा वस्त्र पहने साधु साधुओं जैसा व्यवहार नहीं कर रहा था। जब सुधीर को इस बात का एहसास हुआ, वह आने-जाने वालों को आगे दांत दिखाकर हँस पड़ा, और वह उसके हँसने से शरमा गये... पर उसके क़द को देखकर घबरा गये, और जल्दी-जल्दी आगे बढ़ गये। सुधीर पीछे मुड़ा और दूर जाने लगा।

रस्टी कुछ देर तक उसे देखता रहा। अपने लहराते भगवा कपड़ों में लंबा और अच्छी शक्ल-सूरत वाला लफ़ंगा बाज़ार में लोगों की भीड़ में अलग ही नज़र आ रहा था।

असर

क्योंकि उसने किसी को अपने लौटने की ख़बर नहीं दी थी, इसलिए देहरा के रेलवे स्टेशन पर जब रस्टी तीसरे दर्जे के कम्पार्टमेंट से उतरा, तो वहां उसे लेने के लिए कोई नहीं पहुंचा था। लेकिन बाज़ार से गुज़रते हुए चाय की दुकान पर काम करने वाला लड़का मिल गया, जिसने बताया कि देविंदर घंटाघर के पास मिल सकता है। रस्टी सीधा घंटाघर गया, लेकिन वहां भी उसे अपना दोस्त नहीं मिला। एक और पहचान के बूट-पॉलिश वाले ने बताया उसने देविंदर को कुछ दिन पहले कचहरी के पास देखा था, जहां उस दिन अच्छी कमाई हुई थी।

सफ़र के बाद रस्टी थका हुआ था, और उसे नहाने की सख़्त ज़रूरत महसूस हो रही थी। यह तय करके कि देविंदर को बाद में ढूंढ़ेगा, वह चर्च कम्पाउंड गया, जहां वह अपना बैग छोड़ गया था। वहां से वह जंगल से होता तालाब पर पहुंचा।

पहले से ही वहां मौजूद गूंगा कम गहरे पानी में नहा रहा था, अजीब शक्लें बना रहा था और लंगूरों के एक झुंड को देखकर किसी की समझ में न आने वाली आवाज़ें निकाल रहा था। साल के पेड़ों में बैठे लंगूर उसे देख रहे थे। जब गूंगा ने रस्टी को देखा, तो खुशी से खिलखिलाकर हँसा। हड़बड़कर पानी से निकला और सीधे अपने दोस्त और हितैषी के सीने से लगने के लिए उसकी तरफ़ दौड़ा।

'और कैसे हो तुम?' रस्टी ने पूछा।

'गू' गूंगा बोला।

वह हर तरह से ठीक-ठाक नज़र आ रहा था। देविंदर उसे खिलाता रहता था, और उसे अब एक गिलास चाय या एक बासी बन के लिये चाय की दुकानों के आसपास मंडराने और लोगों की लात खाने और बेइज्जती उठाने की ज़रूरत नहीं रह गयी थी।

रस्टी ने अपने कपड़े उतारे और तालाब के ठंडे, मीठे और बढ़िया स्वाद वाले पानी में छलांग लगा दी। रस्टी बिना हाथ-पांव चलाये पानी में तैरता, चौड़े पत्ते वाले साल के पेड़ की डालों के पार आसमान के नीलेपन को ताकता रहा। गूंगा एक पत्थर पर बैठकर बंदरों को मुंह चिढ़ाता रहा और उन्हें उकसाने के लिए आवाज़ें करता रहा। गूंगा से नज़रें बंदरों की तरफ़ ले जाकर, और फिर वापस लंबी बाहों वाले लड़के को देखकर रस्टी सोचने लगा कि डारविन के सिद्धांत पर कोई भला शक कैसे कर सकता है ?

'और, ज़ाहिर है, मैं भी इस प्रजाति का हूं,' वह सोचने लगा, और गूंगे के पास जाकर उसी पत्थर पर बैठ गया, और मनचाही आवाज़ें निकालने लगा।'लंगूर होना कितना अच्छा है, खाने के लिए शाह बलूत के बीज और हरे पत्ते, किसी बात की ज़रा भी फ़िक्र नहीं, ढेर सारे दोस्त और प्रेम संबंधों को लेकर कोई उलझन नहीं। लेकिन किताबें भी तो नहीं होतीं। मुझे लगता है इंसान होने के अपने फायदे हैं। लेकिन गूंगा को इससे क्या फ़र्क पड़ता !

रस्टी के शरीर पर लगा पानी जल्दी ही सूख गया। वह चट्टान की चिकनी और गुनगुनी सतह पर पेट के बल लेट गया। वह उस खूबसूरत चट्टान के अंदर गहराई में डूब जाना चाहता था।

'गू,' गूंगा बोला, जैसे कि वह रस्टी को सही ठहरा रहा हो।

इसके बाद तो सूरज तालाब में, तालाब आसमान में और रस्टी चट्टान का हिस्सा बन गया... और जब वह जागा, उसने सोचा कि गूंगा अब भी उसके बगल में होगा। लेकिन जब उसने अपना सिर उठाकर देखा तो पाया कि वहां देविंदर बैठा था। सफ़ेद कमीज़ और पायजामा में देविंदर अच्छा लग रहा था। उसकी ट्रे कुछ दूर पर रखी थी।

'तुम यहां कब से हो ?' रस्टी ने पूछा।

'मैं अभी आया हूं। तुम्हें देखकर अच्छा लग रहा है। मुझे तो डर था कि कहीं तुम हमेशा के लिए न चले गये हो।'

'मुझे भूख लग रही है,' रस्टी ने कहा।

'मुझे खुशी है कि तुम्हारी भूख नहीं मरी है। मैं तुम्हारे लिए कुछ खाने को लाया हूं।' उसने बाज़ार के गर्म खाने से भरा एक कागज़ का थैला निकाला,और दो संतरे भी।

रस्टी ने खाते-खाते देविंदर को अपने सफ़र के बारे में बताया। देविंदर मायूस हो गया।

'तो तुम्हारे लिए चंद किताबों के सिवा और कुछ भी नहीं। मुझे पता है कि पैसा ही सब कुछ नहीं होता, लेकिन रस्टी अब तुम्हारे पास कुछ पैसा भी होना चाहिए। इस तरह तुम कब तक काम चलाओगे? तुम मेरी तरह कंघे और बटन नहीं बेच सकते। तुम्हें पता ही नहीं कि बेचा कैसे जाता है; तुम तो सपने देखने वाले हो, एक किस्म के कवि, और सपनों पर जी नहीं सकते। किशन की तरह तुम्हारे अमीर दोस्त और रिश्तेदार नहीं हैं, जहां तुम्हें बीच-बीच में अच्छी ज़िंदगी का स्वाद मिलता रहे। तुम सुधीर जैसे भी नहीं हो जो अपनी सूझबूझ से गुज़ारा कर ले। ले-दे कर तुम्हारी यही एक तो चाची थीं पहाड़ पर- और तुम अपनी बाक़ी की ज़िंदगी किसी साधु-संत की तरह पहाड़ों पर भटकते हुए भी नहीं बिता सकते। कामयाब लेखक बनने में तुम्हें कई साल लगेंगे। गोल्डस्मिथ को देखो- वह तो हमेशा कर्ज़ ही लेते रहते थे। और तुमने तो अभी शुरू ही नहीं किया है।'

'मुझे मालूम है, देविंदर। तुम्हें बताने की ज़रूरत नहीं है। कल मैं मिस्टर पैटिग्रू से मिलने जाऊंगा। शायद वह मेरी किसी तरह मदद कर सकें- शायद वह मेरे लिये एक नौकरी ढूंढ़ दें।'

शांत होकर दोनों बुझी-बुझी नज़रों से तालाब के पानी को ताकते रहे।

'तुम इस बीच किशन से मिले?' रस्टी ने पूछा।

'बाज़ार में एक बार मिला था। वह उस लड़की के साथ था, वही उसकी चचेरी बहन। दोनों साइकिलों पर थे। मुझे लगता है, वे सिनेमा जा रहे थे। किशन काफ़ी खुश लग रहा था। वह रुका और उसने मुझसे बात की, और मुझसे यह भी पूछा कि तुम कब आने वाले हो। उसे जल्दी ही वापस स्कूल भेज दिया जाएगा। अच्छी बात है, है न? बिना अच्छी तरह पढ़ाई पूरी किये वह कभी कुछ अच्छा नहीं कर सकता था। मेरा मतलब है डिग्री वगैरह।'

'देखो सुधीर ने बिना डिग्री के कैसे अपना काम चला लिया है। तुम कह सकते हो कि उसने अपनी पढ़ाई-लिखाई खुद पूरी कर ली है। और किशन भी ज़रूरत भर दुनियादारी जानता है। और फिर वह तो ठहरा पंजाबी। उसे कोई बेवक़ूफ़ बना दे, यह मुश्किल है। कुल मिलाकर तुम ठीक ही कह रहे हो, नाम के साथ एक-दो डिग्री लिखी हों, तो उससे बहुत फ़र्क पड़ता है, चाहे तुम्हें ये न पता हो कि किस डिग्री को पहले और किसे बाद में लिखा जाता है!'

सपना तो पहले ही धुंधला पड़ता जा रहा था। रस्टी सोचता था कि यही तो ज़िंदग़ी है, तुम इससे भाग कर कैसे जी सकते हो। तुम हमेशा आवारागर्दी नहीं कर सकते। तुम कहीं भी पहुंच नहीं रहे हो, इसलिए कहीं तो ठहरना ही पड़ेगा। किशन ठहर गया है। उसने बंधी-बंधाई आमदनी वालों का रास्ता अपना लिया है; उसे ऐसा करना ही पड़ता। यहां तक कि मोगली तक को भेड़ियों का झुंड छोड़कर अपने लोगों के पास लौटना पड़ा था। और हिंदुस्तान बदल रहा है। और लोगों की बेतरतीब भीड़ आख़िरकार एक शक्ल ले रही है। उसे भी अब ठहर कर, अपने लिये कोई ठिकाना ढूंढना पड़ेगा, वरना आगे तबाही है।

'मैं कल ही उनसे मिलता हूं,' रस्टी बोला, 'मैं किशन से मिलूंगा और उसे अलविदा कह दूंगा।'

रस्टी ने तय किया कि वह अपनी किताबें गिरजे में रखने के बजाय मिस्टर पैटिग्रू के पास छोड़ देगा। चर्च में वैसे भी चंद दिनों का ठिकाना था, इसलिए उसने उन्हें एक थैले में रखा, और देविंदर के साथ घंटाघर पर चाय पीने के बाद चाय बाग़ान की तरफ़ चल पड़ा।

रस्टी ने सूखी नदी का पाट और पहाड़ियों तक फैले सरसों के पीले खेत पार किये, और मिस्टर पैटिग्रू को बरामदे में बेंत की अपनी कुर्सी पर वैसे ही बैठे पाया जैसे जब वह उनसे पिछली बार मिला था, तब से वह कुर्सी से उठे ही न हों। पैटिग्रू साहब ने सीधी-सपाट चाय की झाड़ियों पर नज़र दौड़ाई। ऐसा लग रहा था कि वह रस्टी के आर-पार देख सकते हैं, और पहले-पहल तो रस्टी को लगा कि जैसे वह उसे पहचान ही नहीं पाये हैं। शायद बुज़ुर्ग उसे भूल गये थे!

'गुड मॉर्निंग!' रस्टी बोला, 'मैं वापस लौट आया हूं।'

'लालपत्ते के पत्ते फिर से लाल हो गये हैं,' पैटिग्रू साहब बोले- 'एक और सर्दी का मौसम बीता जा रहा है।'

'हां।'

'पूरे साठ बार गर्मी का मौसम मुझे अपने घेरे में लेने की कोशिश कर चुका है। मैं इतने धीरे-धीरे बूढ़ा हो रहा हूं। काश, किसी तरह इस सफ़र को और दिलचस्प बनाया जा सकता! ऐसा भी नहीं है कि मैं कुछ करने के लिए बेचैन हो रहा हूं, लेकिन इतना ज़रूर चाहता हूं कि मेरे इर्द-गिर्द कुछ होता रहे। पहले

जैसी धूमधाम जैसा कुछ होना चाहिए। तुम समझ रहे हो न कि मैं क्या कहना चाह रहा हूं?'

'लगता तो है,' रस्टी ने कहा।

अकेलापन फिर रस्टी के सामने मुंह बाये खड़ा था। एक हफ़्ते में उसे अकेलेपन के शिकार दो लोग मिले- उसकी चाची, और ये साहब, जो धीरे-धीरे अपनी ज़िंदग़ी के आख़िरी पड़ाव की तरफ़ बढ़ रहे थे। उस पर भी इसका असर पड़ रहा था। उसने मिस्टर पैटिग्रू पर नज़र डाली और सोचने लगा कि क्या एक दिन वह भी ऐसा ही हो जाएगा- अकेला, कमज़ोर-सा, बीते समय में खोया रहने वाला, शांत और अकेलेपन से भरी शामों के पार लगने के लिए व्हिस्की की बोतल का सहारा लेने वाला। रस्टी के दोस्त हैं- लेकिन वह तो पैटिग्रू साहब के भी थे, जवानी के दिनों में। रस्टी के पास किताबें हैं, पढ़ने के लिए, लिखने के लिए- लेकिन वह तो पैटिग्रू साहब के पास भी थीं, क्या उनसे कोई ख़ास फ़र्क पड़ा? क्या शादी और कारोबार के दस्तूर से बाहर हाड़-मांस के साथी नहीं मिल सकते थे?

पैटिग्रू साहब को अचानक याद आया कि रस्टी उनके पास खड़ा है। उनकी आंखों में एक चमक नज़र आयी। जैसे उन्हें कुछ समझ में आ गया हो।

'सवेरे से पीना शुरू कर देना। यह मेरी दिक्कत है। तुम बहुत जल्दी लौट आये। बैठो बेटा, ...बैठ जाओ। अच्छा बताओ- तुम्हें वह महिला मिली? क्या वह तुम्हें पहचान गयीं? अच्छा तो रहा न?'

रस्टी सीढ़ियों पर बैठ गया, क्योंकि मिस्टर पैटिग्रू की कुर्सी के अलावा वहां और कुर्सी नहीं थी।

'हां, वह मुझे पहचान गयीं। बड़ी अच्छी थीं, और मेरी मदद करना चाहती थीं। लेकिन मेरे लिए उनके पास चंद किताबों के सिवा कुछ नहीं था, जो कि मेरे पिता उनके पास मेरे लिए छोड़ गये थे।'

'किताबें! बस, और कुछ नहीं? तुम उन्हें अपने साथ ले आये हो... अब मैंने देखा।'

'मैं सोच रहा था कि जब तक मैं कहीं ठिकाने से नहीं लग जाता, तब तक के लिए इन्हें आप अपने पास रख लें।'

मिस्टर पैटिग्रू ने किताबें रस्टी से लीं, और उनके पन्ने पलटने लगे।

'स्टीवेंसन, बैलेंटिन, मैरिएट और वुडहाउस के शुरुआती दौर का कुछ काम। और ये तो *ऐलिस इन वंडरलैंड* है।' *हाउ डॉथ द लिटिल क्रॉकोडाइल...*'

टेनियल की चित्रकारी। ये पहला संस्करण है, मुझे लगता है! नहीं हो सकता, हो भी सकता है ?'

मिस्टर पैटिग्रू चुप हो गये। उन्होंने पहले को खूब ग़ौर से देखा और फिर आख़िरी, फिर बढ़ती हुई दिलचस्पी और बेचैनी के साथ देखते उलट-पलट के देखते रहे, फिर ये भाव आदर में बदलने लगे, क्योंकि उन्हें किताबों और छपाई के बारे में, और पहले संस्करण की अहमियत के बारे में काफ़ी कुछ पता था। और *ऐलिस इन वंडरलैंड* का पहला संस्करण तो बड़ी ही मुश्किल से मिलने वाली बेशकीमती चीज़ है।

'हो सकता है,' पैटिग्रू साहब बुदबुदाये, जैसे खुद से बातें कर रहे हों, और रस्टी उनके चेहरे के बदलते भाव देख कर हक्का-बक्का रह गया। ऊब और उदासी की जगह एक उत्साह, एक जोश नज़र आ रहा था उनके चेहरे पर।

'क्या हो सकता है, सर ?'

'पहला संस्करण।'

'यह किताब कभी मेरे दादाजी के पास हुआ करती थी। जिल्द के बाद वाले कोरे पन्ने पर उनका नाम भी लिखा है।'

'हो न हो, यह पहला संस्करण ही लग रहा है। शायद इसीलिए तुम्हारे पिता ने इसे संभाल के रखा होगा।'

'हां, किताबें इकट्ठी करने के शौकीनों के नज़रिये से। इंग्लैंड, बाकी यूरोप और अमेरिका में ऐसे लोग हैं, जो दुर्लभ साहित्य इकट्ठा करते हैं- पहली बार छपाई के बाद मशहूर हुई किताबों की पांडुलिपियां और उनके पहले संस्करण इकट्ठे करते हैं। किसी किताब की क़ीमत यह देखकर लगायी जाती है कि साहित्य में उसकी क्या जगह है, कितनी मुश्किल से मिलने वाली है, और किस हाल में है।

'अब *ऐलिस इन वंडरलैंड* मशहूर किताब है। और यह किताब अच्छी हालत में है। क्या इसका पहला संस्करण बहुत मुश्किल से मिलता है ?'

'बिलकुल, दुर्लभ। अब तक इसकी दो या तीन कॉपी ही थीं।'

'और, आपको क्या लगता है कि यह भी...'

'देखो, मैं कोई एक्सपर्ट नहीं हूं, लेकिन मुझे किताबों के बारे में कुछ तो पता है। यह पहली बार की छपाई है। और यह अच्छी हालत में है। बस, जिल्द के बाद वाले कोरे पन्ने पर लगे कुछ धब्बों को छोड़कर।'

'इन्हें साफ़ कर डालते हैं।'

'नहीं, कुछ भी मत करो- यह जिस हाल में है, बिना किसी छेड़छाड़ के वैसे ही छोड़ दें। मैं लंदन में किताबें बेचने वाले अपने एक दोस्त को ख़त लिखकर उससे इसके बारे में सलाह लूंगा। मुझे लगता है कि इसकी तुम्हें बहुत अच्छी क़ीमत मिल सकती है- कई सौ पाउंड तक मिल सकते हैं।'

'कई सौ?' रस्टी ने हैरत से पूछा।

'पांच या छह सौ, या फिर उससे भी ज़्यादा। तुम्हारे पिता को पता होगा कि ये किताब बेशक़ीमती है, और वह इसीलिये चाहते होंगे कि एक दिन यह तुम्हें मिले। शायद उनकी विरासत के तौर पर।'

रस्टी चुपचाप मिस्टर पैटिग्रू की कही बातों को ठीक से अपने अंदर लेने की कोशिश कर रहा था। ज़िंदग़ी में उसके पास पैसा कभी नहीं रहा था। कुछ सौ पाउंड तो इतनी बड़ी रक़म थी, जिससे वह जहां चाहे पहुंच सकता था।

पेटिग्रू साहब अब दूसरी किताबों को उलट-पलट कर देखने लगे थे। 'इनमें से वुडहाउस के उपन्यास छोड़कर कोई भी पहले संस्करण नहीं हैं, और इनके लिए अभी तुम्हें और इंतज़ार करना होगा। लेकिन *ऐलिस...* खरी चीज़ है। मेरा दोस्त इसे बिकवाने में मदद करेगा।'

'अच्छा हो हम इसे अपने पास ही रखे रहें,' रस्टी ने सुझाया।

मिस्टर पैटिग्रू ने हैरत से रस्टी की तरफ़ देखा। 'अगर ऐसा है, तो मैं भी यही कहूंगा कि इसे अपने पास रखो, बेटा। खुद ही किताबें इकट्ठी करो। लेकिन जब खुद अपने हालात अच्छे न हों, तब इस तरह जज़्बात में बहना ठीक नहीं है। अब ये सब बातें मेरे ऊपर छोड़ो, और मैं तुम्हें पेशगी के तौर पर कुछ रक़म दे रहा हूं, इसे अपने पास रखो। इसके अलावा, यह मौका बनता है खुशी मनाने का!'

उन्होंने अपने लिए व्हिस्की का एक कड़क गिलास बनाया और रस्टी से पूछा।

रस्टी ने बड़ी मुश्किल से दिखाई देने वाली मुस्कान बिखेरते हुए हामी भरी, और कहा- 'चलेगा।'

बाद में, मिस्टर पैटिग्रू के साथ दोपहर का खाना खाने के बाद रस्टी बरामदे में उनके साथ बैठकर अपने भविष्य के बारे में बातें करता रहा।

'मेरा मानना है कि तुम्हें इंग्लैंड जाना चाहिए,' पैटिग्रू साहब ने सुझाया।

'पहले मैंने भी ऐसा सोचा था,' रस्टी ने कहा, 'लेकिन मुझे हमेशा लगता है कि हिंदुस्तान मेरा घर है।'

'लेकिन क्या तुम यहां रोज़ी-रोटी कमा सकते हो? आख़िरकार, हिंदुस्तानी भी मौका मिलते ही विदेश जाते हैं। और तुम तो लेखक बनना चाहते हो। तुम रातोंरात तो लेखक बन नहीं सकते, और हिंदुस्तान में तो बिलकुल भी नहीं। इसके लिए बरसों कड़ी मेहनत करनी पड़ेगी, और उसके बाद भी, अगर तुम बहुत बढ़िया काम कर पाये, अपनी अच्छी छवि बनाना मुश्किल हो जाएगा, और कामयाबी और नाकामी के बीच का फर्क इसी पर टिका है। फिर तुम्हें ख़र्चे निकालने के लिए कुछ न कुछ तो करना ही होगा। और यहां हिंदुस्तान में तुम क्या करोगे? इस बात को नकारो नहीं, बेटा। अभी तो तुम बस स्कूल की पढ़ाई पूरी करके निकले हो। कितने ही पढ़े-लिखे लोग हैं, स्नातक हैं, जिन्हें नौकरी नहीं मिलती। एक जवान लड़का मेरे पास आया था जिसके पास आर्ट्स की डिग्री थी, अभी पिछले हफ़्ते ही मेरे पास आया था, जो चाहता था कि चाय बाग़ान के मैनेजर के दफ़्तर में छोटे से क्लर्क की नौकरी के लिए मैं उसकी सिफारिश कर दूं। अब बताओ, क्लर्क... क्या वह इसलिए कॉलेज में पढ़ा था- क्लर्क बनने के लिए?'

रस्टी ने इस मुद्दे पर कोई बहस नहीं की। उसे मालूम था कि काम उसे ही मिलता है जिसके पास कुछ न कुछ क़ाबलियत होती है। और अब तो किसी ख़ास चीज़ में हुनरमंद होने का ज़माना है। और उसके पास तो शब्दों के साथ काम करने की मामूली-सी खूबी के अलावा और कुछ है नहीं।

'तुम जब चाहो, वापस आ सकते हो,' पैटिग्रू साहब बोले, 'अगर तुम कामयाब हो जाते हो, तो जहां चाहो वहां जाने के लिए आज़ाद भी हो जाओगे, और अगर तुम्हें इसमें कामयाबी नहीं मिलती तब कुछ और करने की कोशिश कर सकते हो- इंग्लैंड में न सही, किसी और देश में जहां अंग्रेज़ी बोली जाती है- जैसे अमेरिका, ऑस्ट्रेलिया या कनाडा या फिर कुक आईलैंड्स!'

'आप हिंदुस्तान से क्यों नहीं चले जाते, मिस्टर पैटिग्रू?'

'कुछ वैसी ही वजह हैं जैसी तुम्हारे साथ हैं। क्योंकि मैं हिंदुस्तान में काफ़ी साल रहा हूं, इसलिए इस देश से लगाव हो गया है। लेकिन तुमसे अलग, मैं ज़िंदगी के दूसरे छोर पर आ पहुंचा हूं। और इंग्लैंड की ठंडी हवाओं के मुक़ाबले, हिंदुस्तान की गर्मी में गुम हो जाना बेहतर है।'

उन्होंने उम्मीद भरी नज़रों से बग़ीचे की तरफ़ देखा। ऊंचे-ऊंचे गेंदे, चटख़ पिटूनिया और दीवार के सहारे फैले बोगनविलिया।

'मेरे सफ़र का सिलसिला अब ख़त्म हो रहा है,' मिस्टर पैंटिग्रू बोले, 'और तुम्हारा अभी शुरू ही हो रहा है।'

जब रस्टी दीवार फांदकर श्रीमती भूषण के घर के पॉर्च में धीरे-धीरे आगे बढ़ रहा था तब अंधेरा हो चुका था। आगे वाले कमरे में बत्ती जल रही थी। रस्टी होशियारी से खिड़की की तरफ़ बढ़ा और उसके शीशे से चेहरा सटाकर अंदर देखा। सुनाई देने से पहले ही वह जान गया था कि कमरे में संगीत बज रहा है। खिड़की के शीशे पर उसकी झनझनाहट और धमक महसूस की जा सकती थी। संगीत की लय-ताल पर किशन और अरुणा फ़र्श पर नंगे पैर चक्कर लगाते हुए नाच रहे थे। उनके चेहरों पर कोई भाव नहीं थे। वह गा भी नहीं रहे थे। जो कुछ था उनके थिरकते धड़ में सिमट आया था।

रस्टी को लगा कि यह अपने पुराने दोस्त से मिलने का सही वक़्त नहीं है। और कुछ मिनट बीतने से पहले ही यह बात सही साबित हुई जब कार का हॉर्न सुनाई दिया और श्रीमती भूषण की हिलमैन घर के फाटक में घुसी और रस्टी की आंखें कार की हेडलाइट से चौंधिया गयीं। कमरे में बज रहा संगीत अचानक बंद हो गया। रस्टी गुलाब के पौधों के पीछे छुपने के लिए लपका तो उसका हाथ बिच्छू बूटी पर पड़ गया, लेकिन वह श्रीमती भूषण के कार से बाहर निकलने तक वहीं दुबका रहा। वह बड़ी होशियारी से पौधों के बीच से जगह बनाता निकल रहा था कि तभी घर के एक कुत्ते ने उसे देख लिया, और उसपर भौंकना शुरू कर दिया। दूसरे भी उसका साथ देने के लिए आ गये।

इधर रस्टी बग़ीचे की दीवार फांद रहा था, उधर दो-तीन कुत्ते उसकी पतलून पकड़ने और टांगों में दांत मारने की कोशिश में जुटे थे। सड़क पर निकलकर वह भागता हुआ एक अंधेरी गली तक पहुंचा और फिर उसमें गुम हो गया।

भीड़-भरे बाज़ार तक पहुंचते-पहुंचते उसकी चाल धीमी पड़ चुकी थी। उसे अपने दोस्त किशन से न मिल पाने का दुःख और अफ़सोस तो था, लेकिन उसे मानना पड़ा कि किशन श्रीमती भूषण के घर में खुश था। इसकी वजह अरुणा थी, क्योंकि किशन अब बड़ा होने था।

रस्टी सोचने लगा- 'शायद अब यही बेहतर होगा कि मैं उससे मिलूं ही नहीं।

नये सफ़र की शुरुआत

एक के बाद एक सब कुछ बड़ी तेज़ी से होता चला गया–जैसा कि किसी ख़ास चीज़ पर काम शुरू करने के बाद अकसर होता है– और कुछ ही हफ़्तों में रस्टी के हाथ में उसका पासपोर्ट था, बम्बई तक का ट्रेन का टिकट था, जहाज़ का टिकट था, और था इनकम टैक्स क्लीयरेंस सर्टिफ़िकेट (कोई आमदनी न होने के बावजूद... जिसे हासिल करने में रस्टी को बड़े पापड़ बेलने पड़े थे)। इनके अलावा खसरा के टीके का सर्टिफ़िकेट, और ऐसे ही कुछ छोटे-मोटे काग़ज़ात, और मिस्टर पैटिग्रू से पेशगी के तौर पर मिले पचास रुपये। *ऐलिस इन वंडरलैंड* की पूरी रक़म कई महीने में आती, और उसे इंग्लैंड में भी हासिल किया जा सकता था।

रस्टी को ट्रेन पकड़ने के लिए स्टेशन पहुंचने में देर हो गयी। जिस तांगे में वह बैठा था, वह शायद देहरा में लगातार कम हो रहे तांगों में सबसे प्राचीन तांगा था। घोड़ा बूढ़ा था और बदहज़मी का शिकार था, और बार-बार पेट में बन रही हवा निकालने के लिए खड़ा हो जाता था। तांगे वाला भी भांग का नशा करता था, और ऐसा लग रहा था कि अभी वह सपनों की दुनिया के अपने पिछले सफ़र से लौटा नहीं था। तांगा के पुर्ज़े भी ढीले-ढाले थे। घोड़ा और गाड़ी एक सीध में भी नहीं थे और तांगा इधर-उधर भाग रहा था।

'अगर तुम्हारे पास सामान न होता, तो इससे तो अच्छा हम पैदल ही स्टेशन पहुंच जाते,' देविंदर ने कहा।

उनके पैरों के पास एक नया सूटकेस और एक बड़ा सा होल्ड-ऑल रखा था, जो कि मिस्टर पैटिग्रू ने रस्टी को दिये थे। तांगे में देविंदर, रस्टी और तांगेवाले के सिवा और कोई नहीं था।

'ज़रा जल्दी चलो, भाई, ...वरना मेरी ट्रेन छूट जाएगी,' रस्टी ने तांगेवाले से मिन्नत की।

'ट्रेन छूट जाएगी ?' होश में आते हुए तांगे वाला बुदबुदाया। 'किसी की ट्रेन नहीं छूटती- जब मैं स्टेशन ले जा रहा होता हूं!'

'क्यों, ट्रेन तुम्हारे पहुंचने का इंतज़ार करती है, क्या ?' देविंदर ने पूछा।

'अरे नहीं,' तांगेवाला बोला, 'लेकिन ठहरी रहती है।'

'देखो, उसे सात बजे छूट जाना चाहिए था,' रस्टी ने बताया, और अब सात बज कर पांच मिनट हो रहे हैं। अगर ट्रेन अपने समय से, यानी दस मिनट देर से भी चली, तब भी इस रफ़्तार से तो हम उसे पकड़ नहीं पाएंगे।'

'आप दस मिनट में वहां पहुंच जाएंगे, साहब,' और इसी के साथ तांगेवाले ने लाड़ भरे बोल बोलते हुए अपने घोड़े को पुचकारा।

तांगेवाले ने क्या कहा, ये न तो रस्टी की समझ में आया, और न देविंदर की, लेकिन उन बोलों का घोड़े पर ज़बरदस्त असर हुआ। उसमें तो नयी जान आ गयी, जैसे किसी ने उसके करिश्माई सूई लगा दी हो। रस्टी और दविंदर अपनी सीट पर सीधे होकर बैठ गये। घोड़ा पिछले पैरों को दुलत्ती मारने वाले अंदाज़ में उछल-उछल कर दौड़ने लगा, और उसे देखकर पैदल और साइकिल से चलने वाले अपनी जान की ख़ातिर रास्ता देते रहे। शहर के बीच तेज़ दौड़ के मुकाबले वाले अंदाज़ में चलता तांगा उस सब्ज़ीवाले की गालियों से भी नहीं रुका जिसका माल तांगे से बचने के चक्कर में सड़क पर बिखर गया था। स्टेशन के फाटक पर पहुंचते ही घोड़े की चाल धीमी पड़ी, और जैसे झटके से उसने रफ़्तार पकड़ी थी, वैसे ही वापस अपनी पुरानी बेदम सी चाल पर आ गया।

तांगेवाले को किराया चुका कर रस्टी और देविंदर ने सामान उठाया और रेलवे प्लेटफ़ॉर्म की तरफ़ तेज़ी से बढ़ चले। यहां वह किशन से टकराये, जिसे रस्टी के जाने के बारे में पता लगा तो वह उसे छोड़ने चला आया था। (किशन को हज्जाम ने बताया था, हज्जाम को अंडे वाले ने, अंडे वाले को देविंदर ने)

'तुमने मुझे कुछ नहीं बताया,' किशन ने ऐसे कहा, जैसे उसके दिल को बहुत ठेस पहुंची हो। 'लगता है तुम लोग मुझे पूरी तरह भूल गये हो।'

'मैं तुम्हें नहीं भूला, भैया! मैं तो तुमसे मिलने आया था- लेकिन तुमसे यह कहने की हिम्मत नहीं पड़ी कि मैं जा रहा हूं। अलविदा कहना ऐसा लगता है जैसे सब कुछ ख़त्म हो रहा हो। इसलिए मैं चुपचुप चले जाना चाहता था, बस इतनी-सी बात है।'

'तुम कितने खुदगर्ज हो!' किशन बोला।

रस्टी चलते-चलते किशन से झगड़ा बिलकुल भी नहीं करना चाहता था।

'ज़रा जल्दी चलो, भई,' देविंदर ने ज़ोर दिया, 'गाड़ी छूटने वाली है।'

गार्ड सीटी बजा रहा था, और सवारियों के बीच आपाधापी मची थी। तीसरे दर्जे के रेलवे कम्पार्टमेंट में भीड़ का आलम ये था कि अगर डिब्बे में ठूंस कर भरी मछलियों को पता चल जाए, तो फिर उन्हें ठूंस कर डिब्बाबंद किये जाने का कोई मलाल नहीं रहेगा। कैसे अलग-अलग किस्म के लोगों से मिलकर कोई समाज या संस्था बनती है, और भीड़ किसी शख़्स को कैसे निगल जाती है, इसका बेहतरीन नमूना देखने को मिल रहा था। अचानक आपको पता चलता है कि जिसे आप अपना समझ रहे थे, वह पैर आपका नहीं, पास वाले का है। आपके कंधे पर जो बाल हैं, वह किसी की दाढ़ी है, और आपकी गर्दन पर लग रही ठंडी हवा दमा के मरीज़ की सांस है। अचानक आपकी गोद में एक छोटा बच्चा आ जाता है, और उसकी मां को उसकी याद तब आती है जब वह आपकी पतलून गीली कर देता है। और किनारे वाली सीट जिसे आप अपनी जगह समझ के खुश हो रहे थे, उसपर अचानक एक बड़े से डील-डौल वाले सिख ने कब्ज़ा कर लिया है, जिसके बगल में कृपाण लटक रही है। रस्टी को तीसरे दर्जे में सफ़र के अपने तर्जुबे से पता था कि अगर फौरन अंदर नहीं घुसे तो फिर घुसना मुश्किल हो जाएगा।

'कहीं जगह नहीं है,' किशन ने चहकते हुए कहा, 'कल चले जाना।'

'तीसरे दिन जहाज़ चला जाएगा,' रस्टी ने बताया।

'तो फिर चलो, तुम्हें कहीं न कहीं घुसा देते हैं।'

स्टेशन के कुलियों को नज़रंदाज़ करके वह अपना सामान खुद उठाए कुछ कम भीड़ वाली बोगी तलाशते प्लेटफ़ॉर्म के एक सिरे से दूसरे सिरे की तरफ़ तेज़ी से चले जा रहे थे। उन्होंने एक खुला दरवाज़ा और उसके पीछे जगह देखी तो रस्टी को उसके सामान समेत उसमें चढ़ा दिया।

'यह तो खाली है!' रस्टी की आंखों में भी चमक आ गयी। 'इसमें तो कोई नहीं है।'

'ठीक बात है,' किशन बोला, 'यह फर्स्ट क्लास कम्पार्टमेंट है।'

लेकिन इस बीच ट्रेन चल पड़ी थी, और बाहर निकलने का समय नहीं था।

'हरिद्वार के बाद दूसरे कम्पार्टमेंट में चले जाना,' किशन ने सुझाया, 'उसके आगे इतनी भीड़ नहीं होगी।'

रस्टी ने दरवाज़ा बंद किया और खिड़की से सिर निकालकर बाहर देखने लगा। चलते समय इस अफ़रा-तफ़री के माहौल से अच्छा और क्या हो सकता था। ऐसा न होता तो चलते-चलते अलविदा कहना कितना कठिन होता। और रस्टी को नम आंखों वाली विदाई बिलकुल अच्छी नहीं लगती। देविंदर और किशन ने रस्टी को ट्रेन में चढ़ा देने के बाद राहत की सांस ली। उन्हें बहुत बाद तक इस बात का एहसास नहीं होने वाला था कि वह हमेशा के लिए उनकी ज़िंदग़ी से दूर जा रहा था।

रस्टी खिड़की से उन्हें देखकर हाथ हिलाता रहा, और वह भी मुस्कराते और उसका भला मनाते हुए हाथ हिलाते रहे। उन्हें रस्टी के जाने का ग़म नहीं था। उन्हें खुशी थी कि रस्टी की ज़िंदग़ी को एक नया रुख़ मिल गया है। वह तो रस्टी को खुशकिस्मत मान रहे थे, और उन्हें जैसे पूरा विश्वास था कि एक दिन रस्टी वापस लौटेगा, ख़ूब सारी दौलत और इज़्ज़त कमा कर। बड़े होने से पहले ऐसे ही उम्मीदें जागती हैं मन में।

जब तक उसके दोस्त प्लेटफ़ॉर्म पर उमड़ती भीड़ में खो नहीं गये, जब तक स्टेशन की रोशनी दूर नहीं हो गयीं, तब तक रस्टी हाथ हिलाता रहा। और ट्रेन हिंदुस्तान में तेज़ी से गहराते अंधेरे के बीच अपना रास्ता तय करती रही। उसने खिड़की के कांच में देखा तो अपने चेहरे की धुंधली-सी छवि नज़र आयी। वह सोचने लगा कि वह अब कभी वापस लौटेगा भी या नहीं।

तभी उसे कांच में किसी और की छवि नज़र आयी, तब उसने जाना कि कम्पार्टमेंट में वह अकेला नहीं है। अभी-अभी कोई शौचालय से निकलकर आया था और रस्टी को कुछ हैरानी के साथ देख रहा था। जाना-पहचाना चेहरा था, लेकिन विदेशी। वही शख़्स था जो राईवाला के वेटिंग रूम में तब मिला था, जब रस्टी किशन को साथ लेकर देहरा जा रहा था। उस वक़्त हालात कुछ और थे।

'लो हम फिर मिल गये,' अमरीकी अंग्रेज़ी में बोला, 'पहचाना मुझे ?'

'हां, लगता है हम दोनों को ट्रेन कुछ ज़्यादा अच्छी लगती हैं।' रस्टी ने भी अंग्रेज़ी में जवाब दिया, और उनकी बातचीत का सिलसिला आगे बढ़ चला।

'अरे, मुझे तो हर हफ़्ते ये सफ़र करना पड़ता है।'

'आपका काम कैसा चल रहा है ?'

'पहले जैसा। मैं कोशिश कर रहा हूं, किसानों को समझाने की... उन्हें बताने

की कि लकड़ी के बजाय लोहे के हल ख़रीदने में समझदारी है, लेकिन कामयाबी बहुत कम मिली है।'

'और वो मान नहीं रहे हैं?'

'अरे नहीं, वह मानने को तैयार हैं, लेकिन दिक्कत यह है कि लकड़ी के हल की मरम्मत करना उन्हें आसान और सस्ता पड़ता है। देख रहे हो न कि मामला कितना टेढ़ा है? पुर्जों का सवाल है। एक पेंच न मिले तो हल बेकार, हल न मिले तो फ़सल बेकार, फ़सल न मिले तो... और, तुम बताओ, दोस्त... कहां जा रहे हो? और इस बार तुम अकेले हो।'

'हां, मैं जा रहा हूं। हिंदुस्तान से बाहर जा रहा हूं।'

'कहां जा रहे हो? इंग्लैंड?'

रस्टी ने सिर हिलाकर हामी भरी। उसकी नज़र खिड़की से बाहर गयी, तो उसने देखा कि एक तारा टूटकर आसमान के एक हिस्से से दूसरी तरफ़ फिसलता हुआ अंधेरे में गुम हो जाता है। यह अपशकुन था। लेकिन वह अपशकुन से नहीं डरता था।

'मैं इंग्लैंड जा रहा हूं,' रस्टी ने कहा, 'मैं यूरोप, अमरीका और जापान और टिम्बक्टू जा रहा हूं। मैं जहां चाहूं वहां जाऊंगा, और मुझे कोई नहीं रोक सकता!'

❑ ❑ ❑

www.ingramcontent.com/pod-product-compliance
Lightning Source LLC
Chambersburg PA
CBHW022006170726

47994CB00023B/2404